400년 전통 명화와 함께 읽는

다케토리 이야기

옮긴이 | 이애숙

한국방송통신대학교 일본학과 교수.
도쿄대학에서 일본 문학 연구로 박사학위를 받았다. 지은 책으로는 일본 출판사 가사마쇼인의 『색채로 본 왕조문학色彩から見た王朝文学』 (단독), 『문학사의 시공文学史の時空』 (공저), 분가쿠츠신의 『동아시아문화강좌 제4권 동아시아의 자연관東アジア文化講座第4卷、東アジアの自然観』 (공저), 『고전의 미래학(古典の未来学)』 (공저) 등이 있고, 옮긴 책으로는 창작과 비평의 『방랑기』, 삼천리의 『히로시마 노트』, 『오키나와 노트』 등이 있다.

감수 | 고지마 나오코 小嶋菜溫子

릿쿄대학 명예교수이자 릿쇼立正대학 교수.
뉴욕에서 『겐지모노가타리 에마키幻の源氏物語絵卷(가칭)』를 발견 소개하여 세계적 반향을 일으킨 일본왕조 문학·문화사 연구자. 릿쿄대학 도서관에는 직접 수집 기증한 〈고지마 소장 다케토리모노가타리 콜렉션小嶋 所蔵 竹取物語コレクション〉이 있다. 지은 책으로는 일본 출판사 신와샤의 『가구야 히메 환상かぐや姫幻想』 (단독), 벤세이샤의 『체스터 비티 도서관 소장 다케토리모노가타리 에마키チェスタービューティー・ライブラリィ所蔵 竹取物語絵 卷』 (공저) 등이 있다.

400년 전통 명화와 함께 읽는
다케토리 이야기

초판 1쇄 펴낸날 | 2023년 2월 15일

옮긴이 | 이애숙
감   수 | 고지마 나오코
펴낸이 | 고성환
펴낸곳 | (사)한국방송통신대학교출판문화원
　　　　주소 서울특별시 종로구 이화장길 54 (03088)
　　　　전화 1644-1232
　　　　팩스 (02)741-4570
　　　　홈페이지 http://press.knou.ac.kr
　　　　출판등록 1982년 6월 7일 제1-491호

출판위원장 | 박지호
편집 | 신경진
편집 디자인 | 티디디자인
표지 디자인 | 김민정

Korean Translation ⓒ 이애숙, 2023
Pictures ⓒ 릿쿄대학도서관

ISBN 978-89-20-04546-2　03830
값 18,000원

400년 전통 명화와 함께 읽는

다케토리 이야기

이애숙 옮김 | 고지마 나오코 감수

지식의날개

일러두기

- 이 책은 원서『新編日本古典文学全集』(小学館, 1994)과『新日本古典文学大系』(岩派書店, 1997) 를 저본으로 삼아 번역했습니다.
- 본문의 그림은 일본 릿쿄대학(立教大学) 도서관의 사용 허락을 받아 소장본『竹取物語絵巻』 를 중심으로 竹取物語貼交屏風, 絵巻「たけとり物語」, 絵入り写本「たけとり」甲本·乙本·丙本을 함께 사용했습니다.

차례

まれなることそふんあう竹の中におはしてしる
てしりねよよめあるのきへるなりりうへ子
うりへくをへりきねめの女ももまそふ
やくなりとゝろてゝき事かゝりゝゝけにて
うまれぬへこよへくやゝゝへ竹とりのおき
か竹とらふあ子とらをくのちにけれ
めゝとへてよこうゝまふかゝいりね
んはくゝるゝあかゝふりね

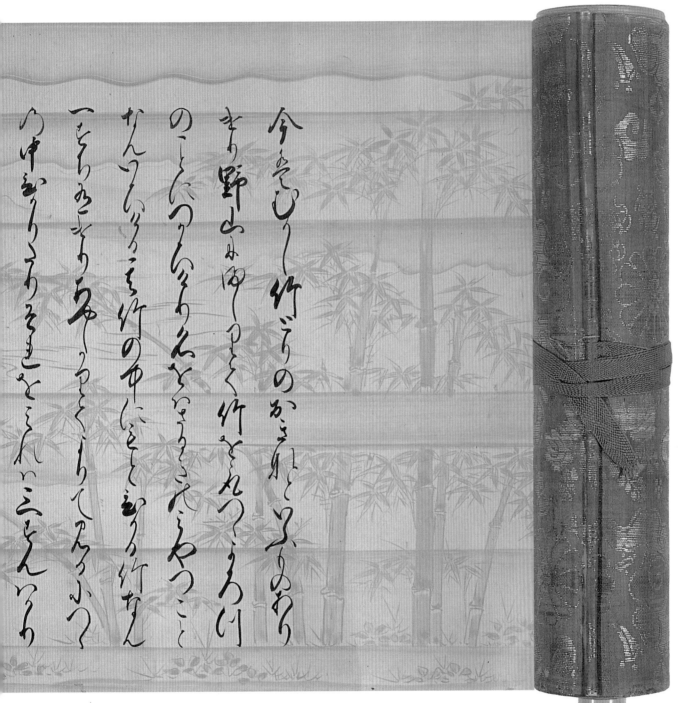

今はむかし竹とりのおきなといふものあり
けり野山にまじりて竹をとりつゝよろづ
のことにつかひけり名をさぬきのみやつこと
なんいひける其竹の中にもとひかる竹なん
ひとすぢありけるあやしかりてよりて見る
の中ひかりたりそれを見れば三すんはかり
なる人いとうつくしうてゐたり

＊일본 릿쿄대학 도서관에서 소장하고 있는 『다케토리 이야기 에마키』의 실제 모습

여자아이를 발견하다

옛날 옛날 대나무 장수 다케토리 할아버지가 살고 있었다. 할아버지는 산으로 들로 나가 대나무를 잘라서 다양한 물건을 만들었다. 할아버지의 이름은 사누키 미야츠코였다.

어느 날 밑동이 유난히 빛나는 대나무 한 그루를 발견했다. 너무 신기해서 다가가 보니 대나무 통 속이 환하게 빛나고 있었다. 그 안에는 겨우 세 치밖에 안 되는 아주 예쁜 여자아이가 있었다.

할아버지는 "날마다 베러 다니는 대나무 그루에 있었기에 내가 발견할 수 있었구나! 너는 내 자식이 될 운명인 게지."라며 여자아이를 조심스럽게 손바닥 위에 올려 집으로 데려왔다. 그러고는 아내인 할머니에게 맡겨 키우도록 했다.

여자아이는 무척 아름다웠고, 크기가 너무 작아서 바구니 안에 넣어 키웠다.

여자아이를 데려온 뒤로 할아버지가 대나무를 벨 때마다 그 속에 황금이 가득 들어 있었다. 그리하여 할아버지는 점점 부자가 되었다.

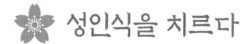 # 성인식을 치르다

할아버지와 할머니 밑에서 여자아이는 쑥쑥 자라났다. 석 달쯤 지나자 벌써 어른 키만큼 자라 머리를 틀어 올리고 예복 치마를 입고는 성인식을 치르게 되었다. 할아버지는 여자아이가 규방 밖으로 나가지 못하도록 하며 애지중지 키웠다.

여자아이의 용모는 이 세상 누구와도 비교할 수 없을 만큼 아름다웠다. 여자아이 덕분에 집 안 어디에도 어둠이 없고 구석구석까지 빛이 가득했다.

할아버지는 기분이 좋지 않거나 힘들 때 이 아이를 보면 괴로움도 사라지고 속상한 마음도 위로받았다.

황금 대나무를 베는 일이 계속 이어지면서 할아버지는 점점 더 부자가 되었다. 여자아이가 많이 성장하자 할아버지는 인베 아키타라는 사람을 불러 이름을 짓게 했다. 아키타는 부드러운 대나무라는 뜻으로 가구야 히메라는 이름을 지어 주었다. 사흘간 풍악을 울리며 잔치를 베풀었고 모든 종류의 악기를 연주하게 했다. 남자라면 누구든 상관없이 모두 초대하여 아주 성대한 잔치를 열었다.

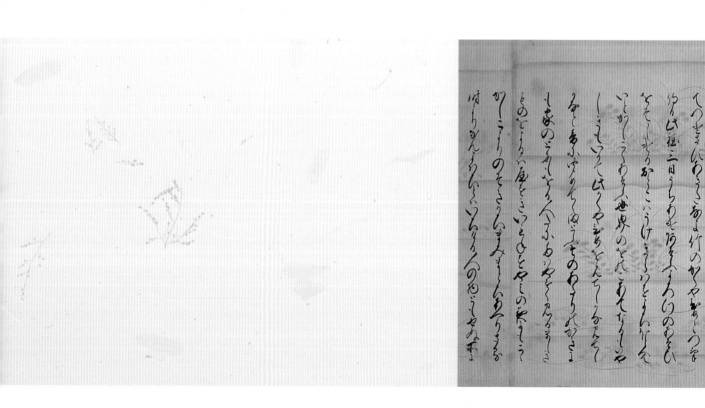

야밤의 배회

나랏일을 하는 귀공자들은 신분이 높든 낮든 상관없이 다들 어떻게든 가구야 히메를 아내로 삼고 싶어 했다. 가구야 히메의 소문만 듣고도 마음이 설레어 어쩔 줄을 몰라 했다.

집 안 사람들조차 가구야 히메를 쉽게 볼 수 없었는데 하물며 대문이나 담벼락에서 보일 리가 없었다. 그런데도 잠 못 이루는 귀공자들은 칠흑같이 캄캄한 야밤에 찾아와 담벼락에 구멍을 내서 틈새로 훔쳐보기 위해 배회했다. 그래서 그때부터 청혼을 '요바이(야밤의 배회)'라고 부르게 된 것이다.

귀공자들은 설레는 마음에 보통 사람들이 별로 대수롭지 않게 여기는 곳까지 찾아가 보지만 아무 소용이 없었다. 가구야 히메 집의 하인들에게 말이라도 걸어 보려 하지만 아무도 상대해 주지 않았다. 집 주변을 떠나지 못하는 귀공자들은 그저 밤을 지새우고 날을 지새우는 일이 많았다. 그중 의지가 약한 사람은 "이건 쓸데없는 짓이야."라며 더 이상 찾아오지 않았다.

다섯 명의 귀공자

　그런데도 여전히 청혼하는 귀공자들이 있었다. 당대 한량으로 소문난 다섯 명의 귀공자들은 포기하지 않고 밤이고 낮이고 가구야 히메의 집으로 찾아왔다. 이들의 이름은 석공 왕자, 곳간 왕자, 아베 미우시 우다이진, 오토모 미유키 다이나곤, 이소노카미 마로타리 주나곤이었다.

　이 세상 수많은 여자 중에 얼굴이 예쁘다는 소문만 들어도 아내로 삼고 싶어 하는 귀공자들이었다. 그래서 이들은 가구야 히메를 아내로 삼고 싶어 식사도 거르고 애만 태우다가 가구야 히메 집을 찾아와 배회하지만 아무 소용이 없었다. 편지를 보내도 답장이 없었고, 애절한 시를 적어 보내도 소용이 없었다. 그런데도 햇볕이 내리쬐고 천둥이 치는 7월 여름에도, 눈이 내리고 꽁꽁 얼어붙는 12월과 1월 겨울에도 아랑곳

하지 않고 찾아왔다.

귀공자들은 할아버지를 불러내 "따님을 저에게 주십시오."라며 엎드려 절을 하고 두 손을 비비며 애걸했다. 그때마다 할아버지는 "내가 낳은 자식이 아니라 내 마음대로 할 수가 없습니다."라고 말했다. 그렇게 시간만 흘러가고 있었다.

귀공자들은 자기 집으로 돌아가 상심에 젖어 부처님께 기도를 드리고 소원을 빌었다. 도저히 가구야 히메를 포기할 수 없었던 것이다. "그래도 언젠가 결혼은 하겠지."라고 생각하며 기대를 버리지 못했다. 가구야 히메를 향한 간절한 마음을 보이며 그저 집 주변을 맴돌았다.

그 모습을 보고 할아버지가 가구야 히메에게 말했다.

"내 소중한 딸아. 네가 딴 세상 사람이라지만 너를 이만큼 키운 우리 정성도 만만치는 않았단다. 그러니 아버지 얘기를 들어봐다오."

가구야 히메는 "제가 어찌 말씀을 거역하겠어요. 딴 세상에서 온 제 처지도 잊고 오로지 두 분을 부모님으로 생각하고 있어요."라고 했다.

할아버지는 "그렇게 말해 줘서 고맙구나."라며 말을 이었다.

"이미 내 나이 일흔을 넘겨 오늘 죽을지 내일 죽을지 알 수가 없단다. 그리고 이 세상 사람들은 남자는 여자를 만나고 여자는 남자를 만나 결혼을 한단다. 결혼하고 자손이 태어나면서 집안이 번성해지는 거란다. 그러니 어찌 결혼을 안 할 수 있겠느냐."

그러자 가구야 히메는 "왜 그래야 하나요?"라고 물었다.

"아무리 딴 세상 사람이라 해도 너는 여인이 아니더냐. 내가 살아 있는 동안에야 독신으로 지낼 수 있겠지만 나중에는 그렇지 않단다. 그리고 귀공자들이 이렇게 오랫동안 찾아와 청혼을 하니 네가 잘 보고 판단해서 그중 한 사람과 결혼하도록 해라."

그러자 가구야 히메가 말했다.

"제 용모가 아름다운 편도 아닌데 진심을 확인하지도 않고 결혼해서 나중에 상대가 외도라도 하면 분명 후회할 것 같아요. 아무리 훌륭한 분일지라도 애정이 얼마나 깊은지 모른 채 결혼하기는 힘들 것 같아요."

할아버지가 말했다.

"나하고 똑같은 생각을 하고 있구나. 대체 어떤 마음을 가진 사람과 결혼하려는 거냐? 다들 애정이 만만찮아 보이던데."

가구야 히메는 "대단한 애정을 바라는 건 아니에요. 사소한 거예요. 다섯 분의 애정이 다 비슷해 보이는데 어떻게 우열을 가릴 수 있겠어요. 그래서 다섯 분 중 제가 원하는 물건을 가져오시는 분의 애정이 더 깊다고 판단해서 그분과 결혼하겠다고 전해 주세요."라고 말했다.

할아버지는 "옳거니!"라며 동의했다.

다섯 가지 난제

해가 저물자 언제나처럼 귀공자들이 모여들었다. 어떤 사람은 피리를 불고 어떤 사람은 노래를 부르고 어떤 사람은 흥얼거리고 어떤 사람은 휘파람을 불고 어떤 사람은 부채로 박자를 맞추고 있었다.

그때 할아버지가 밖으로 나와 "송구하게도 이리 누추한 곳을 항상 찾아오시게 해드려 정말 죄송합니다."라고 말했다.

"제가 '이 늙은이 목숨이 오늘일지 내일일지 알 수 없으니 이리 청혼하는 귀공자 중에 잘 판단해 결혼하여라.'라고 하니, 가구야 히메도 '잘 알겠습니다. 우열을 가릴 수 없는 분들이라 애정이 얼마나 깊은지를 보고 결정하겠습니다.'라고 하여, '좋은 생각이다. 그러면 원망할 사람도 없을 거다'라고 했습니다."

다섯 귀공자도 "좋습니다."라고 말했다. 그러자 할아버지는 방 안으로 들어가 가구야 히메에게 말을 전했다.

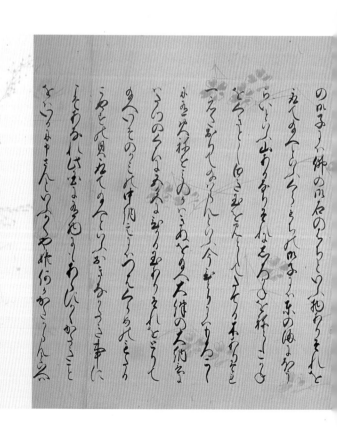

가구야 히메는 석공 왕자에게 '돌로 만든 부처님 바리때'를 가져와 달라고 했고, 곳간 왕자에게는 '동쪽 바다의 봉래산에 있는, 뿌리는 은이요 줄기는 금이요 열매는 하얀 옥으로 된 나무의 나뭇가지'를 하나 꺾어와 달라고 했다. 또 한 사람 아베 우다이진에게는 '당나라에 있다는 불에 타지 않는 불쥐 털옷'을 가져와 달라고 했다. 오토모 다이나곤에게는 '용의 목에 있는 오색 빛이 나는 구슬'을, 이소노카미 주나곤에게는 '제비가 갖고 있다는 순산을 도와주는 조개'를 가져와 달라고 말했다.

할아버지는 "참으로 어려운 일이구나. 우리나라에 있는 것도 아니고 이렇게 난해한 일을 어떻게 전할 수 있겠느냐."라고 했다. 그러자 가구야 히메는 "어려울 게 뭐가 있나요?"라고 되물었다.

그래서 할아버지는 "여하튼 전달하마."라며 방 밖으로 나가 말했다.

"이러저러합니다. 전해드린 대로 물건을 가져와 보여 주십시오."

그 말을 듣고 왕자와 대신들은 낙담하며 "차라리 댁 근처에 얼씬하지 말라는 편이 오히려 쉽겠습니다."라면서 집으로 돌아갔다.

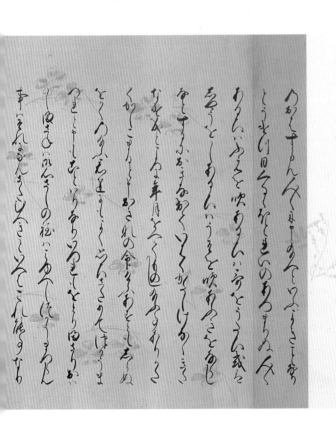

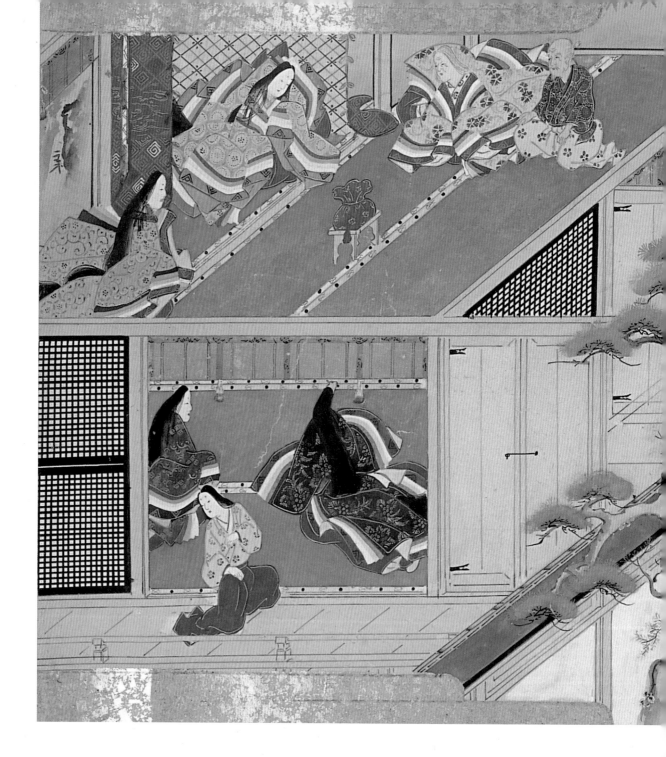

 ## 석공 왕자와 바리때

　하지만 석공 왕자는 가구야 히메를 아내로 삼지 않고서는 도저히 살 수 없을 것 같았다. 그래서 '인도에 있는 것이라 한들 못 가져오겠느냐.'라며 이런저런 궁리를 했다. 석공 왕자는 꾀가 많은 사람으로 인도에도 하나밖에 없다는 바리때를 수천만 리 먼길

을 가서 어떻게 가져올 수 있을지 머리를 썼다. 그래서 가구야 히메 집에는 부하들을
시켜 "바리때를 가지러 오늘 인도로 떠납니다."라고 소식을 전했다.

　그리고 삼 년쯤 지난 뒤에 나라의 사쿠라이시 부근에 있는 절에 가서 빈도르 발라
타사(Piṇḍola Bhāradvāja) 불상 앞에 놓여 있던 새까만 숯검정 바리때를 가지고 왔다.
그것을 비단 자루에 넣고 꽃 나뭇가지에 묶어 가구야 히메 집으로 가져와 보여 주
었다.

가구야 히메가 의심쩍어 살펴보는데 바리때 안에 편지가
들어 있었다. 펼쳐 보니 다음의 시가 적혀 있었다.

그대를 향한
마음에 바리때를
찾아 헤매던
고난의 길목에서
눈물을 흘렸다오.

가구야 히메는 "분명 광채가 나야 하는데."라며 살펴봤지
만 반딧불이만한 빛도 없었다.

당신이 흘린
눈물의 빛이라도
기대했건만
캄캄한 산속에서
대체 뭘 찾았나요.

라는 답장과 함께 바리때를 돌려보냈다.

석공 왕자는 대문 앞에 바리때를 버리고 다음과 같이 답장을 썼다.

빛나는 그댈

만나 빛이 사라진

것은 아닌지

바리때를 버리고

아직도 기대하네.

가구야 히메는 대꾸도 하지 않았다. 석공 왕자는 가구야 히메가 어떤 말도 들어주지 않자 갖은 변명만 늘어놓고 돌아갔다.

왕자가 가짜 바리때를 버리고 "아직도 기대하네"라고 해서, 뻔뻔한 짓을 하면 바리때의 '하치(하지)'에 빗대어 '하지를 버리다(염치를 버리다)'라고 말하게 되었다.

곳간 왕자와 옥구슬 나뭇가지

　곳간 왕자는 술수가 뛰어난 사람이었다. 조정에는 "온천치료를 하러 규슈에 다녀오겠습니다."라고 하여 휴가를 받고 가구야 히메 집에는 "옥구슬 나뭇가지를 가지러 다녀오겠습니다."라고 전하고는 길을 떠났다. 왕자를 모시는 시종들은 모두 오사카 나루까지 나와 배웅했고, 왕자는 "아주 은밀히 다녀와야 한다."라며 정말이지 아주 가까이서 자신을 보필하는 시종만 데리고 떠났다. 그래서 배웅하러 나온 사람들은 왕자에게 인사만 드리고 다들 집으로 돌아갔다.

　"곳간 왕자님이 출발하셨다."라는 소문이 나도록 사람들에게 떠나는 시늉만 하고 나서 왕자는 사흘 정도 지나 몰래 배를 타고 되돌아왔다.

　왕자는 미리 명령을 내려 모든 준비를 해 두었다. 당대의 국보급 명장인 조각공 여섯 명을 불러 모으고 사람들이 쉽게 찾아올 수 없는 곳에 집을 지어 두었다. 가마를

만들고 울타리를 세 겹이나 둘러치고는 조각공들을 집 안에 머물게 했다. 왕자도 그 집에서 함께 지내며 본인이 소유한 열여섯 곳의 영지를 비롯한 모든 곳간의 재물을 사용해 옥구슬 나뭇가지를 만들도록 했다.

가구야 히메가 말한 그대로 한 치의 어긋남도 없이 만들어 냈다. 그러고는 아주 영리하게 머리를 써서 몰래 오사카로 가져갔다. 왕자님 댁에는 "배를 타고 이제 돌아오셨다."라고 연락하고 몹시 지친 모습으로 앉아 있었다. 수많은 시종들이 왕자님을 마중하러 나왔다. 옥구슬 나뭇가지를 기다란 함에 넣고 가리개로 덮어서 메고 왔다. 어느새 소문이 났는지 "곳간 왕자님이 우담바라 꽃을 가지고 상경하셨대."라며 사람들이 떠들어 댔다.

가구야 히메는 그 소식을 듣고 "내가 곳간 왕자에게 졌구나."라며 낙담하여 시름에 젖어 있었다.

그러는 사이 시종이 대문을 두드리며 "곳간 왕자님께서 오셨습니다."라고 말했다. 여행 옷차림 그대로 곧장 오셨다는 말에 할아버지가 왕자를 맞이했다.

왕자는 "목숨을 잃을 각오로 고생하며 옥구슬 나뭇가지를 구해 왔으니 가구야 히메에게 보여 주세요."라고 했다. 할아버지는 옥구슬 나뭇가지를 방 안으로 가지고 들어갔다.

옥구슬 나뭇가지에는 편지가 묶여 있었다.

이내 목숨을
버린다고 한들
옥구슬 없이
결코 허망하게는
돌아오지 않았으리.

가구야 히메는 옥구슬 나뭇가지는 물론 왕자의 시에도 감동하지 않았다. 그때 다케토리 할아버지가 방으로 들어와 말했다.

"왕자님께 말씀드린 봉래산 옥구슬 나뭇가지를 한 치 어긋남도 없이 가져오셨구나. 무슨 핑계를 대며 이러쿵저러쿵 말할 수 있겠냐. 본가에 들르지도 않고 여행 옷차림 그대로 바로 오셨다고 한다. 얼른 곳간 왕자님을 맞이하여 결혼하도록 해라."

가구야 히메는 아무 말 없이 턱을 괴고 몹시 속상해하며 수심에 차 있었다.

곳간 왕자는 "이제는 뭐라 더 말할 수 없을 거요."라며 툇마루 위로 올라왔다. 할아버지는 당연하다고 생각했다.

할아버지는 "우리나라에는 없는 옥구슬 나뭇가지다. 아무래도 이번에는 거절할 수 없을 것 같구나. 인품도 좋은 분이시다."라고 말하며 가구야 히메 앞에 앉아 있었다.

가구야 히메는 "부모님 말씀을 계속 거역하는 것이 죄송해서 벌인 일이었는데…." 라며, 구하기 힘든 물건을 이리 생각치 않게 가져온 것을 원망스럽게 생각했다. 할아버지는 규방 안을 단장하기 시작했다.

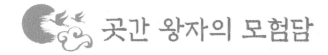

곳간 왕자의 모험담

"이 나무는 어떤 곳에 있던가요? 신비할 정도로 아름답고 멋진 물건입니다."

할아버지가 묻자 곳간 왕자가 대답했다.

"삼 년 전 2월 10일경 오사카 나루에서 배를 타고 바다로 나갔습니다. 어디로 가야 할지 몰랐지만 그저 뜻을 못 이루면 목숨을 부지할 필요도 없다 생각하고 불어오는 바람에 몸을 맡겼습니다. 죽는다면 어쩔 수 없지만 살아 있는 한 항해를 계속하다 보면 언젠가 봉래산을 찾을 수 있겠지 하는 심정으로 바다 위를 떠다녔습니다. 우리나라 바다를 벗어나 항해를 하다 거친 파도를 만나 바닷속으로 가라앉을 뻔도 했습니다. 그러다가 바람을 만나 생면부지의 나라로 떠내려갔는데 도깨비 같은 것이 튀어나와 저희를 죽이려고 했습니다. 또 망망대해를 정처 없이 떠돌다가 식량이 바닥나 풀뿌리를 먹기도 했습니다. 어떤 때는 이루 말로 표현할 수 없을 만큼 무시무시한 괴물

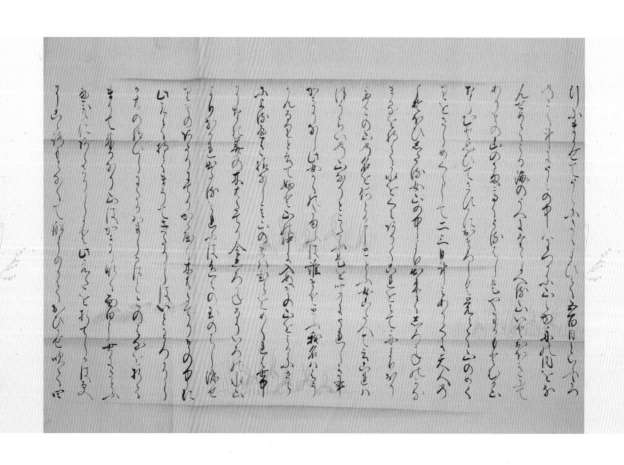

이 나타나 잡아먹으려고 했습니다. 또 바다에서 조개를 잡아 목숨을 연명하기도 했습니다. 항해하는 동안 도움을 청할 사람도 없고 별의별 병에 다 걸리고 어디로 가야 할지도 몰랐습니다.

그렇게 배가 가는 대로 바다를 떠돌다 오백 일쯤인가 지난 어느 날 아침 여덟 시경에 바다 위로 어렴풋이 산이 보였습니다. 그래서 노를 저어 가까이 가보니 엄청나게 큰 산이 바다 위로 쏫아 있었습니다. 산은 아주 높고 산세가 너무나 아름다웠습니다. '이것이 내가 찾던 바로 그 산이구나!'라고 생각하니 정말이지 너무 두려웠습니다. 그래서 이삼일 동안 배를 타고 산 주위를 돌면서 그저 쳐다만 봤습니다. 때마침 선녀처럼 보이는 한 여인이 산에서 내려와 은그릇으로 물을 뜨고 있는 것을 목격했습니다. 그래서 배에서 내려 '이 산 이름이 무엇입니까?'라고 물으니 그 여인이 '이 산은 봉래산입니다.'라고 말하는 것이었습니다. 그 대답을 듣고 무척 기뻤습니다. 그래서 그 여인에게 '지금 말씀하신 분은 누구십니까?'라고 물으니 '저는 우칸루리라고 합니다.'라고 대답하고는 산속으로 홀연히 사라져버렸습니다.

산을 쳐다보니 너무 험준해 올라갈 수 없을 것 같았습니다. 그래서 산 절벽 아랫길을 돌아서 올라갔는데, 그곳에 이 세상 것으로 보이지 않는 꽃나무가 있었습니다. 산속에는 금빛 은빛 초록빛 물이 흐르고 있었습니다. 바로 거기에 각양각색의 옥으로 만든 다리가 놓여 있었고 옆에는 빛이 나는 나무들이 있었습니다. 제가 여기 가져온 것은 그중에 제일 보잘것없는 것입니다. 아무리 좋은 것이라도 혹시 가구야 히메가 말한 것과 다르면 소용없기에 이 옥구슬 나뭇가지를 꺾어 왔습니다.

산은 이 세상 어느 것보다도 아름다웠습니다. 하지만 옥구슬 나뭇가지를 꺾고 나니 너무 조바심이 나서 곧바로 배를 타고 돌아왔습니다. 때마침 순풍도 불어와 사백 일 남짓 만에 돌아올 수 있었습니다. 모두 다 부처님이 돌봐 주신 덕분이겠지요. 오사카 나루에서 출발해 도성에는 어제 도착했습니다. 바닷물에 젖은 옷도 갈아입지 않고 곧장 이리로 왔습니다."

그 이야기를 듣고 할아버지는 감동하여 시를 읊었다.

그 오랜 세월
산과 들로 대나무
찾아 헤매던
나도 그런 역경은
겪어보지 않았네.

할아버지의 시를 듣고 왕자는 "오랜 시간 고생한 마음이 이제야 풀어집니다."라며 시를 읊어 화답했다.

내 옷자락도
오늘에야 마르니
눈물에 젖은
그 모진 고통도
이제 잊을 수 있네.

장인들의 탄원서

그러고 있는데 여섯 명의 남자들이 마당으로 들어왔다. 그중 한 사람이 걸개에 탄원서를 걸어 들고 와서 말했다.

"궁궐 선공감(繕工監) 장인 아야베 우치마로가 말씀드립니다. 분부하신 옥구슬 나뭇가지를 만들기 위해 식사 시간까지 아껴 가며 천여 일 동안 매진하는 것은 결코 쉬운 일이 아니었습니다. 그런데도 아직 품삯을 받지 못했습니다. 품삯을 받아 가난한 제자들에게 나누어줘야 합니다."라며 탄원서를 내밀었다.

할아버지는 "이 사람들 말이 대체 무슨 소리요?"라며 고개를 갸웃거렸다. 왕자는 너무 놀라 넋이 나간 얼굴로 앉아 있었다.

가구야 히메는 그 말을 듣고 탄원서를 가져오라고 하여 읽어 보았다.

"왕자님께서 천 일 동안 미천한 저희 장인들과 함께 한곳에 숨어 지내셨습니다. 아름다운 옥구슬 나뭇가지를 만들게 하시고는 나중에 벼슬도 주겠다고 말씀하셨습니다. 이제 생각하니 후궁이 되실 가구야 히메께서 원하시는 물건이기에 품삯을 이 댁에서 받고자 합니다."라고 적혀 있었다.

다른 장인들도 "이 댁에서 주시는 것이 마땅합니다."라고 말했다. 가구야 히메는 그 말을 듣고 해가 저물어 가면서 초조했던 마음이 밝아졌다. 할아버지를 방 안으로 모셔 말씀드렸다.

"진짜 봉래산 옥구슬 나뭇가지라고 생각했습니다. 그런데 어이없게도 가짜라고 하니 어서 빨리 되돌려 주세요."

할아버지도 "만든 것이라 분명히 들었으니 돌려보내기도 어렵지 않구나."라고 대답하며 수긍했다.

마음이 아주 개운해진 가구야 히메는 왕자가 조금 전 보내온 시에 다음의 시를 적어 옥구슬 나뭇가지와 함께 돌려보냈다.

진품이리라
바라다보았건만
이제야 보니
한 치 혀로 꾸며낸
가짜 옥구슬이어라.

할아버지는 왕자와 그렇게까지 의기투합했는데 이제 그럴 수도 없어 조는 척 앉아 있었다. 왕자는 안절부절못하며 앉아 있다가 해가 저물어 날이 어두워지자 살그머니 밖으로 나갔다.

가구야 히메는 장인들을 불러 "고마운 분들이십니다."라며 품삯을 아주 넉넉하게 주도록 했다. 장인들은 무척 기뻐하며 "바라던 대로 되었습니다."라며 돌아갔다.

그런데 장인들은 돌아가는 길에 곳간 왕자가 보낸 사람들에게 피가 날 정도로 두들겨 맞았다. 품삯 또한 받은 보람도 없이 전부 빼앗기고 도망치듯 사라졌다.

왕자는 "내 평생 이보다 더한 치욕은 없을 것이다. 아내도 얻지 못하고 게다가 세상 사람들이 나를 보고 이러쿵저러쿵 소곤댈 것이 수치스럽다."라며 혼자 깊은 산속으로 들어가 버렸다.

집사와 시종들이 모두 흩어져 찾아봤지만 행방을 알 수도 생사를 확인할 수도 없었다. 어쩌면 시종들 눈을 피해 몇 해 동안 왕자가 모습을 감추고 사라진 탓일까? 이 사건으로 말미암아 옥구슬의 '다마'에 빗대어 '다마가 나가다(혼이 나가다)'라는 말이 생겨났다.

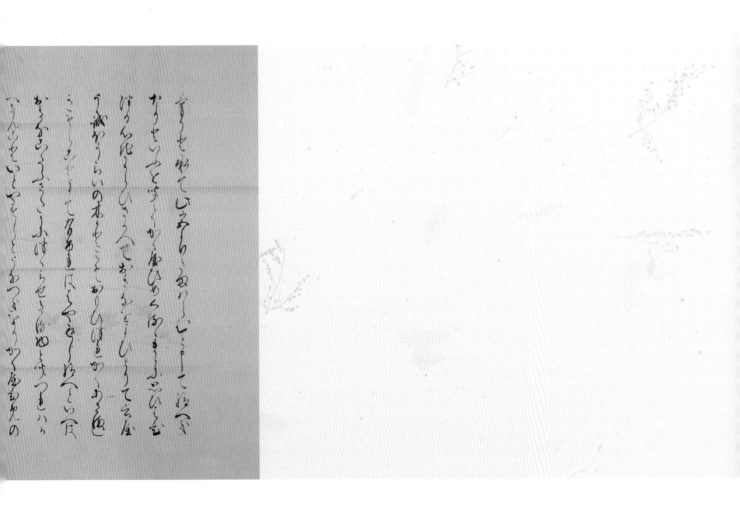

우다이진과 불쥐 털옷

아베 미우시 우다이진은 재산이 많고 집안도 대단한 사람이었다. 그해 당나라 무역선을 타고 일본에 왔던 왕케이라는 사람에게 "불쥐 털옷이라고 있다는데 그것을 사 보내 주시오."라는 편지를 썼다. 부하 중 제일 신중한 오노 후사모리라는 사람에게 그 편지를 전하게 했다. 후사모리는 당나라에 도착해서 왕케이에게 편지와 돈을 건넸다. 왕케이는 편지를 펼쳐 읽고 답장을 썼다.

"불쥐 털옷은 당나라에 없는 물건입니다. 소문으로 들어는 봤지만 여태 본 적이 없습니다. 하지만 이 세상에 있는 것이라면 인도사람이 여기로 가져오겠지요. 너무 어려운 거래입니다만 산지에서 혹시 인도로 가져갔다면 부자들 주변을 수소문해 구할 수 있을지도 모르겠습니다. 만약 이 세상에 없는 것이라면 사자 편에 돈을 돌려보내겠습니다."

드디어 당나라 배가 도착했다. 오노 후사모리가 귀국해서 상경한다는 소식을 듣고 우다이진은 날쌘 말을 보내 주었다. 후사모리는 그 말을 타고 규슈에서 단 칠 일 만에 도성에 도착했다. 왕케이가 전해온 편지는 다음과 같았다.

"사람을 보내 간신히 털옷을 구해 보내드립니다. 예나 지금이나 불쥐 털옷은 그리 쉽사리 구할 수 있는 물건이 아닙니다. 옛날에 명망 높은 인도의 고승께서 당나라로 가져오신 것이 서쪽 지방 절에 있다는 소문을 듣고 조정에 부탁드려 겨우 사 보내드립니다. 구매를 대행한 지방관이 심부름꾼을 통해 '대가가 너무 적다'라고 말해서 저 왕케이의 돈을 보태 샀습니다. 그러니 오십 냥은 더 주셔야 합니다. 돌아오는 배편으로 보내 주십시오. 만약 돈을 주실 수 없으면 불쥐 털옷을 돌려주십시오."

우다이진은 편지를 읽고서 "무슨 소리야. 그냥 돈을 더 달라는 이야기잖아. 여하튼 고맙게도 옷을 구해 보내왔구나."라며 당나라를 향해 절을 했다. 불쥐 털옷이 담긴 함은 각양각색의 아름다운 구슬을 박아 채색한 것이었다. 함 속을 들여다보니 짙은 청색 털옷이 있었다. 털끝은 금빛으로 반짝였고 이 세상 둘도 없는 보물처럼 아름답게 보였다. 불에 타지 않는다는 사실보다도 그 자체로 너무나 아름다웠다.

우다이진은 "과연 가구야 히메가 갖고 싶어 할 만하구나. 아이고 황송해라."라며 털옷을 다시 함 속에 집어넣었다. 그리고 본인도 정성껏 꾸미고는 '이대로 곧장 결혼해 가구야 히메 댁에서 같이 지낼 수 있겠지'라며 다음과 같이 시도 적어 왔다.

당신을 향한
사랑의 불꽃에도
타지 않는 옷
이제야 눈물 마른
옷 입고 가져왔네.

타버린 불쥐 털옷

　우다이진은 불쥐 털옷을 들고 대문 앞에 서 있었다. 할아버지가 문 밖으로 나가서 털옷을 건네받아 가구야 히메에게 보여 주었다. 가구야 히메는 불쥐 털옷을 보고 "털옷이 아름답습니다만 딱히 진짜인지는 잘 모르겠어요."라고 말했다.

　다케토리 할아버지는 "여하튼 일단 우다이진을 집 안으로 모시도록 하자. 이 세상에 없는 진귀한 옷 같으니 이것을 진짜라고 생각해라. 저분을 너무 곤혹스럽게 만들지 말아라."라며 우다이진을 안으로 청해 자리를 권했다.

　우다이진을 이렇게 집 안으로 맞이하자 할머니는 마음속으로 '이번에는 틀림없이 결혼하겠구나.'라고 생각했다. 할아버지는 독신인 가구야 히메가 걱정되어 좋은 사람과 맺어 주고 싶었지만 가구야 히메가 싫다며 완강하여 결혼을 강요할 수가 없었다. 그러니 기대하는 것도 당연했다.

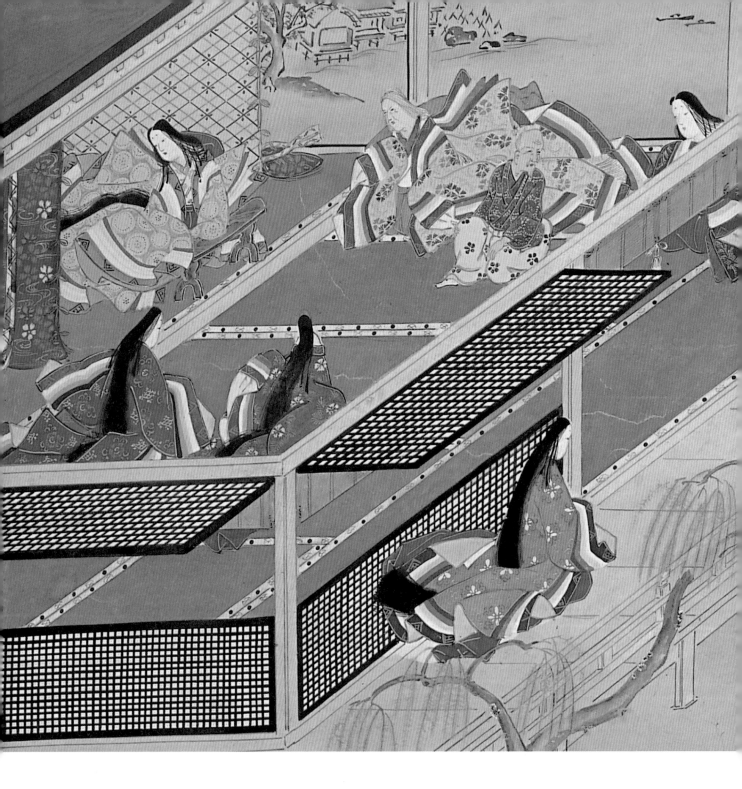

가구야 히메가 할아버지에게 말했다.

"불쥐 털옷을 태워 보고 타지 않으면 진짜일 테니 우다이진 님의 말씀을 따를게요. '이 세상에 없는 것이니 의심하지 말고 진짜라고 생각하자.'라고 말씀하시지만 그래도 역시 불에 태워 봐야 할 것 같아요."

할아버지는 "그 말도 일리가 있구나."라며 우다이진에게 "여차여차 여쭙니다."라고

전달했다. 우다이진은 "이 불쥐 털옷은 당나라에도 없는 것을 가까스로 수소문해 구해 온 것입니다. 무슨 의혹이 있을 수 있겠습니까?"라고 대답했다. 할아버지가 "그건 그렇지만 여하튼 얼른 태워 보시지요."라고 했다. 그 말을 들은 우다이진이 불 속에 집어 던지자 그만 불쥐 털옷은 활활 타 버리고 말았다.

할아버지가 말했다.

"정말 가짜였구나."

우다이진은 그 모습을 보고 얼굴이 잿빛으로 변해 앉아 있었다.

가구야 히메는 "정말 다행이야."라며 좋아했다. 그래서 우다이진의 편지에 답장을 써 함에 넣어 보냈다.

형체도 없이

타버릴 옷이리라

알았더라면

애태우지도 않고

내버려 뒀을 것을.

그리하여 우다이진은 집으로 돌아가게 되었다.

세상 사람들이 "아베 우다이진이 불쥐 털옷을 구해 오셔서 가구야 히메와 결혼하신다면서요. 그럼 히메 댁에서 같이 지내시겠네요?"라고 물었다. 그러자 어떤 사람이 말했다.

"불쥐 털옷이 타 버렸대요. 활활 타 버려서 가구야 히메와 결혼하지 못했대요."

그 말을 듣고 나서부터 이룰 수 없는 황당한 일을 우다이진의 이름 '아베(아에)'에 빗대어 '아에가 없다(어이가 없다)'라고 말하게 되었다.

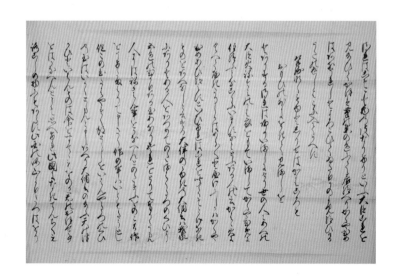

다이나곤과 용의 목 구슬

오토모 미유키 다이나곤은 저택의 가신들을 모두 모아놓고, "용의 목에 오색 빛이 나는 구슬이 있다고 한다. 그것을 구해 오는 사람에게는 소원을 들어주겠다."라고 말했다.

그 명령을 받아 가신들이 말씀드렸다.

"분부를 받들어야 합니다만 구슬을 구하는 일이 그리 간단치 않습니다. 더구나 용의 목에 달린 구슬을 어떻게 가져올 수 있겠습니까?"

다이나곤은 "주군을 모시는 가신이라는 자들은 목숨을 던져서라도 명령을 수행해야 하거늘. 인도나 중국도 아니고 일본에 있는 게 아니더냐. 일본의 산과 바다에서 용이 오르락내리락하고 있는데, 대체 너희들은 무슨 생각으로 어렵다고 하느냐?"라고 말했다.

가신들은 "그러시면 도리가 없지요. 어려운 일이지만 명령에 따라 찾으러 가겠습니다."라고 말했다.

그러자 다이나곤은 기분이 좋아져 "너희들은 이 주군의 부하로 이미 이름이 널리 알려졌는데 어찌 명령을 어길 수 있겠느냐."라며 용의 목 구슬을 구해 오라며 보냈다. 가신들이 가는 길에 먹을 식량에다 비단과 무명 그리고 돈까지 몽땅 꺼내 들려 주었다.

다이나곤은 "너희들이 돌아올 때까지 나는 목욕재계를 하고 있으마. 만약 용의 목 구슬을 구하지 못하면 집으로 돌아오지 마라."라고 말씀하셨다. 가신들은 다들 명령을 받아 길을 떠났다.

용의 목 구슬을 구하지 못하면 집으로 돌아오지 말라고 말했기 때문에 가신들은 "발길 닿는 대로 어디든 가 봐야겠다."라든가, "이런 유별난 일을 벌이시다니."라며 다들 불평을 늘어놓았다. 다이나곤이 준 물건을 모두 나눠 가지고 나서 어떤 사람은 자기 집에 숨어 살았고, 어떤 사람은 자기가 가고 싶은 곳으로 가 버렸다. "아무리 부모와 주군은 받들어 모셔야 한다지만 이런 황당한 명령을 하시다니….".라며 이해할 수 없다는 듯 다이나곤을 비방했다.

그사이 다이나곤은 "가구야 히메를 모셔와 함께 살기에 지금 집은 너무 볼품이 없구나."라며 멋진 집을 지었다. 벽에는 옻을 칠하고 금박 장식을 했고, 다양한 색상으로 염색한 실로 지붕을 이었다. 실내는 매우 아름다운 비단에 그림을 그려 기둥과 기둥 사이에 걸어 장식했다. 기필코 가구야 히메를 아내로 맞이하겠다며 예전부터 함께 지내던 부인들과 별거하고 혼자 지내고 있었다.

밤낮으로 기다렸지만 멀리 파견 보낸 부하들은 한 해가 저물 때까지도 소식이 없었다. 다이나곤은 기다리다 지쳐서 몰래 변복하고 심부름할 몸종 둘만 데리고 오사카 바닷가로 가서 물었다.

"오토모 다이나곤 댁 가신들이 배를 타고 나가 용을 죽이고 목 구슬을 구했다는 소식을 듣지 못했소?"

뱃사람들은 웃으며 "이상한 말씀을 다 하시네요. 그런 일을 하는 배는 없습니다."라고 대답했다.

그러자 다이나곤은 '아무짝에도 쓸모없는 뱃사람들이구나. 잘 모르니 이리 말하는군.'이라며 '용이 나타난들 내 실력이면 바로 활을 쏴 죽이고 목 구슬을 얻을 수 있을 거야. 늦게 돌아오는 녀석들을 기다리고 있진 않을 테다.'라고 생각했다.

그래서 배를 타고 이 바다 저 바다로 찾아다니다 저 멀리 규슈 근해까지 가게 되었다.

그런데 어떻게 된 일인지 천지사방이 캄캄해지고 강풍이 불어와 배를 휩쓸어 버렸다. 앞은 전혀 분간할 수 없고, 바람은 배를 바닷속으로 끌고 들어갈 듯 불어오고, 파도는 배를 집어삼킬 듯 밀려오고, 벼락은 금방이라도 떨어질 듯 번쩍거렸다.

다이나곤은 당황하여 "지금껏 이리 힘든 일을 겪어 본 적이 없는데 어찌 될 것 같으냐?"라고 물었다.

뱃사공이 대답했다.

"수없이 배를 타고 다녔으나 이제껏 이렇게 힘든 적은 없었습니다. 배가 바다 밑으로 가라앉지는 않더라도 분명 벼락이 떨어질 겁니다. 혹시 운이 좋아 신의 가호를 받으면 저 멀리 남해 바닷가에 닿을 수는 있겠지요. 한심한 주인 밑에서 일을 하다 아무래도 비명횡사할 모양입니다."라면서 울었다.

심한 배멀미를 하던 다이나곤은 "배를 타면 뱃사공의 말을 큰 산처럼 의지하는 법이거늘 어찌 이리 미덥지 못한 말을 하느냐?"라고 말했다.

뱃사공이 대답했다.

"제가 신이 아닌데 무얼 할 수 있겠습니까? 이렇게 바람이 불고 파도가 거칠고 벼락이 머리 위로 떨어질 듯한 것은 용을 죽이려고 찾아다니기 때문입니다. 강풍도 용이 일으키는 것이에요. 어서 신에게 기도하십시오."

다이나곤은 좋은 생각이라며 "뱃사공 신이시여 들어주옵소서. 멍청하고 어리석게도 용을 죽이려 했습니다. 앞으로 두 번 다시는 용 비늘 하나도 건드리지 않겠습니다."라고 맹세하며 앉았다가 섰다가 울고 불며 용서를 구했다.

그렇게 천 번 정도 기도한 덕분인지 드디어 천둥소리가 멈추었다. 번개도 약해졌지만 바람은 여전히 강하게 불고 있었다.

뱃사공이 "역시 그건 용의 짓이었어. 지금 부는 바람은 순풍입니다. 맞바람이 아니에요. 올바른 방향으로 불고 있는 것 같습니다."라고 말했다. 하지만 다이나곤은 그

말이 귀에 들리지도 않았다.

삼사일 동안 순풍이 불어온 덕분에 배는 육지로 돌아왔다. 뱃사공이 해변을 보니 아카시 바닷가였다. 다이나곤은 저 멀리 남해 바닷가로 떠내려왔다는 생각에 숨을 헐떡이며 지쳐 쓰러져 있었다. 함께 배를 타고 있던 하인들이 관청에 연락을 넣어 고을 수령이 마중을 나왔다. 하지만 다이나곤은 일어나지 못하고 배 바닥에 그대로 누워 있었다.

솔숲에 멍석을 깔고 다이나곤을 배에서 끌어내렸다. 그제야 "남해 바닷가가 아니구나."라며 가까스로 일어났다. 그런데 다이나곤의 모습은 풍병을 아주 심하게 앓는 사람처럼 부어 있었다. 배도 불룩하고 두 눈은 마치 자두를 하나씩 달고 있는 것처럼 보였다. 그 꼴을 보고 고을 수령도 웃음을 참을 수가 없었다.

다이나곤은 관청에 명령하여 가마를 만들게 했고 그 가마를 타고 끙끙거리며 집으로 돌아왔다. 소식을 어떻게 들은 건지 파견했던 가신들이 찾아와 말했다.

"용의 목 구슬을 구하지 못해 그동안 찾아뵙지 못했습니다. 이제는 목 구슬 얻기가 힘들다는 것을 아시고 저희에게 벌을 내리지 않으시리라 생각해 찾아왔습니다."

다이나곤이 일어나 앉아 말했다.

"너희들이 가져오지 않길 잘했다. 용은 천둥 번개와 같은 부류다. 그 구슬을 얻으려다 많은 사람들이 죽을 뻔했구나. 만약에 용을 잡았더라면 나는 틀림없이 죽임을 당했을 거다. 잡지 않아 정말 다행이구나. 가구야 히메라는 큰 악당이 사람을 죽이려 한 거야. 두 번 다시 그 집 근처에도 가지 않을 테다. 너희들도 가까이 가지 말아라."

다이나곤은 집에 조금 남아 있던 재산을 구슬을 가져오지 않은 가신들에게 나눠 주었다.

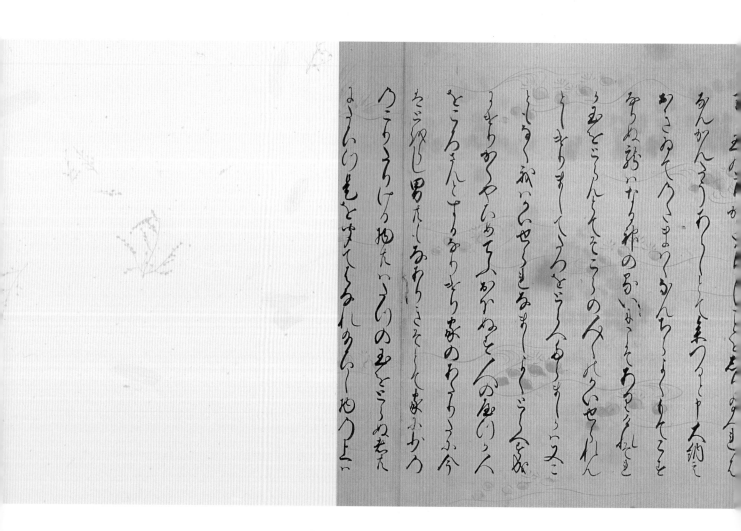

그 이야기를 듣고 별거하던 부인들은 배꼽을 잡고 웃었다. 비단실로 이어 만든 지붕은 솔개와 까마귀가 집을 지으려고 몽땅 물고 가버렸다.

세상 사람들이 그 일을 떠들어 댔다.

"오토모 다이나곤께서 용의 목 구슬을 구해 오셨어요?"

"아니 그게 아니고 두 눈에 자두 같은 구슬을 달고 오셨어."

"어머나 그 자두는 먹기 힘들어(다베 가타)."

그래서 세상 이치에 어긋나는 짓을 '다베'에 빗대어 "다에가 힘들어(참기 힘들어)"라고 말하게 되었다.

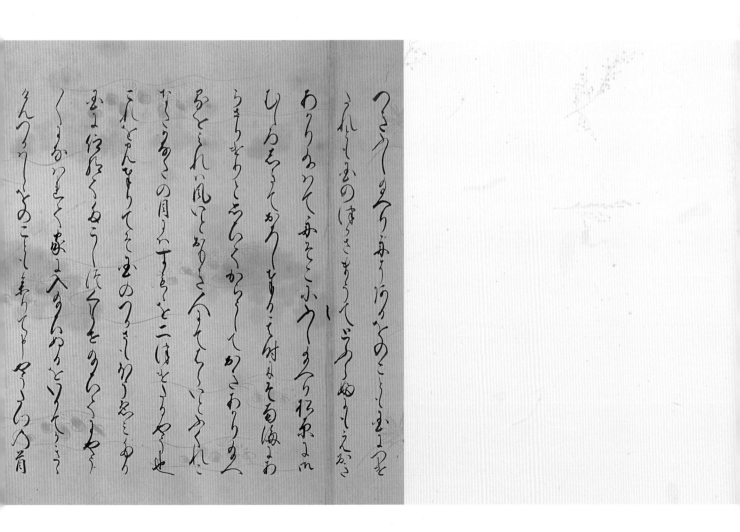

주나곤과 조개

　이소노카미 마로타리 주나곤은 저택에서 일하는 가신들에게 "제비가 둥지를 짓거든 알리거라."라고 명령했다. 그 명을 받고 가신들은 "무엇에 쓰시려는 것입니까?"라고 물었다.

　주나곤이 대답했다.

　"제비가 가지고 있다는 순산을 도와주는 조개를 얻기 위해서다."

　그러자 가신들이 "제비를 아무리 많이 죽인들 조개는 배 속에 없습니다. 어떻게 한

것인지 모르지만 새끼를 낳을 때 조개가 있다고들 합니다."라는 말과 함께 "사람이 쳐다보면 사라진답니다."라고 말씀드렸다.

또 다른 사람이 말하길 "(사옹원) 궁궐 수라간 용마루의 동자기둥 틈새마다 제비가 둥지를 짓고 있습니다. 충직한 부하들을 데리고 거기로 가서 비계를 만들어 올려놓고 지켜보게 하십시오. 아마 제비들이 새끼를 많이 낳을 것입니다. 그렇게 하면 조개를 얻으실 수 있을 겁니다."라고 했다.

주나곤은 기뻐하며 "좋은 방법이구나. 전혀 생각지도 못했는데 훌륭한 방법을 알려 주었네."라며 스무 명 남짓 되는 부하들을 보내 비계 위에 올라가 앉아 있게 했다.

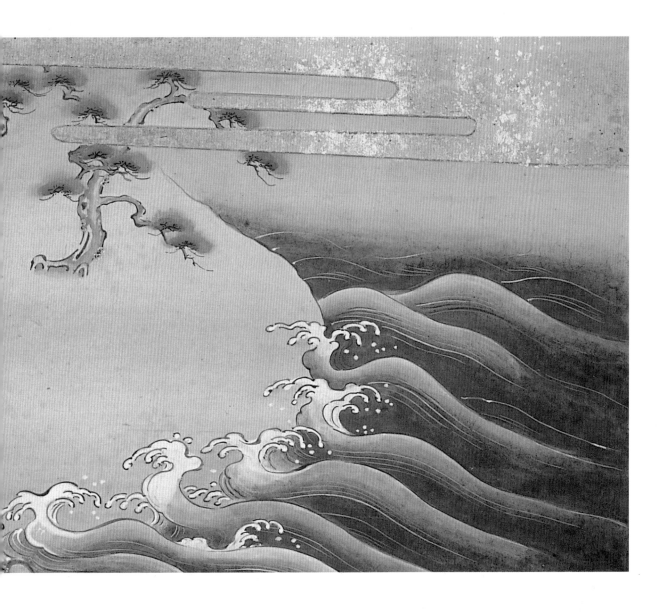

주나곤은 댁에서 계속 사람을 보내 "조개를 구했느냐?"라고 물었다. 너무 많은 사람들이 올라가 앉아 있어서 제비가 겁을 먹고 둥지로 오지 않았다. 그런 사정을 전해 듣고 주나곤이 "어떡하지."라며 고민하고 있을 때 마침 구라츠마로라는 늙은 궁궐 수라간 관리인이 찾아와 말했다.

　　"조개를 얻고 싶으시다면 계책을 알려드리겠습니다."

　　주나곤은 신분 차이도 개의치 않고 이마가 맞닿을 만큼 가까이 다가가서 구라츠마로를 만났다.

　　"지금은 좋지 않은 방법을 쓰고 계십니다. 그렇게 해서는 조개를 구할 수가 없습니다. 비계에 거창하게 스무 명씩이나 올라가 있으니 제비가 가까이 오지 않는 것입니다. 비계를 없애고 사람들도 모두 물리고 충직한 부하 한 명만 성긴 바구니에 태워 밧줄을 매어 놓으십시오. 그리고 제비가 새끼를 낳으려 할 때 밧줄을 당겨 바구니를 위로 올려서 재빨리 조개를 낚아채게 하시면 됩니다."

　　주나곤은 "참 좋은 방법이구나."라며 비계를 없애고 가신들을 모두 저택으로 돌아오도록 했다.

　　주나곤이 구라츠마로에게 물었다.

　　"제비가 새끼를 언제 낳을지 알고 사람을 올려보내면 되느냐?"

　　구라츠마로가 대답했다.

　　"제비는 새끼를 낳을 때 꼬리를 추켜세우고 일곱 번을 돌고서 알을 낳는다고 합니다. 그러니 일곱 번째 돌 때 바구니를 올려 단숨에 조개를 움켜쥐라고 하십시오."

　　주나곤은 구라츠마로의 말을 듣고 너무 기뻤다. "우리 집 가신도 아닌데 소원을 이루도록 도와주어 고맙네."라며 입고 있던 옷을 벗어 포상으로 주었다. "밤이 되면 한 번 수라간으로 오게."라고 말하고 그를 집으로 돌려보냈다.

　　주나곤은 기뻐 다른 사람들에게 알리지 않고 슬그머니 수라간으로 가서 부하들과 함께 조개를 찾고자 했다.

해가 저물어 수라간에 가보니 정말 제비가 둥지를 틀고 있었다. 구라츠마로가 말한 대로 꼬리를 추켜세우고 돌고 있어 바구니에 부하를 태우고 밧줄을 당겨 위로 올려보냈다. 부하가 제비 둥지에 손을 집어넣어 찾아보았으나 "아무것도 없습니다."라고 말했다.

주나곤은 "제대로 찾지 않아 없는 것이야."라며 화를 냈다. 그러고는 "나 말고 누가 알겠냐."라며 말했다.

"내가 올라가 찾으마."

주나곤이 바구니를 타고 줄을 당기게 해서 올라가 보니 제비가 꼬리를 세우고 열심히 돌고 있었다. 때를 맞추어 손을 집어넣고 찾아보는데 납작한 것이 손에 닿았다. 바로 그때 "움켜잡았다. 이제 아래로 내려다오. 영감! 내가 손에 넣었네."라고 말했다. 몰려온 가신들이 빨리 내려드리려고 밧줄을 너무 세게 잡아당기는 바람에 그만 줄이 빠져버렸다. 그 순간 주나곤은 여덟 개의 가마솥 위로 거꾸로 떨어져 버렸다.

놀란 가신들이 가까이 다가가 부축해드렸다. 주나곤은 눈이 허옇게 되어 쓰러져 있었다. 부하들이 물을 떠 와서 마시게 했다. 가까스로 정신을 차리자 부하들이 팔다리를 들고 가마솥 위에서 내려드렸다.

"몸은 좀 어떠십니까?"라고 물으니 모깃소리처럼 간신히 말했다.

"정신은 조금 드는데 허리가 움직이질 않네. 그래도 조개를 재빨리 잡아채 손에 쥐고 있어 기쁘네. 얼른 촛불을 가져와 보게. 조개를 봐야겠네."라며 머리를 들고 손을 폈다. 그런데 그것은 말라서 딱딱해진 제비 똥이었다.

그 모습을 보고 "에고 가이(조개)가 없네."라고 말했다. 그래서 기대에 어긋나는 것을 "가이가 없네."라고 말하는 것이다.

　조개가 아닌 것을 알고는 기분도 좋지 않고 게다가 허리는 부러져 궤짝 뚜껑이 어긋나듯 딱 맞질 않았다.

　주나곤은 어린애 같은 짓을 저질러 이렇게 끝나버린 일을 사람들이 모르게 하고 싶었지만, 오히려 그 때문에 병이 들어 쇠약해졌다.

　조개를 구하지 못한 것보다 소문을 듣고 사람들이 비웃을 것 같아 시간이 갈수록 걱정스러웠다. 병으로 죽는 것보다 오히려 사람들 입방아에 오르내리는 것을 더 수치스럽다고 생각했다.

가구야 히메가 소문을 듣고 위로의 편지를 보냈다.

조개가 없어
한동안 오지 않는
당신을 제가
기다리는 보람이
없다고들 하네요.

옆에서 시중드는 사람이 대신 읽어 주었다.
몹시 수척해진 주나곤은 간신히 고개를 들어 하인에게 종이를 들게 하고는 상심의
편지를 적었다.

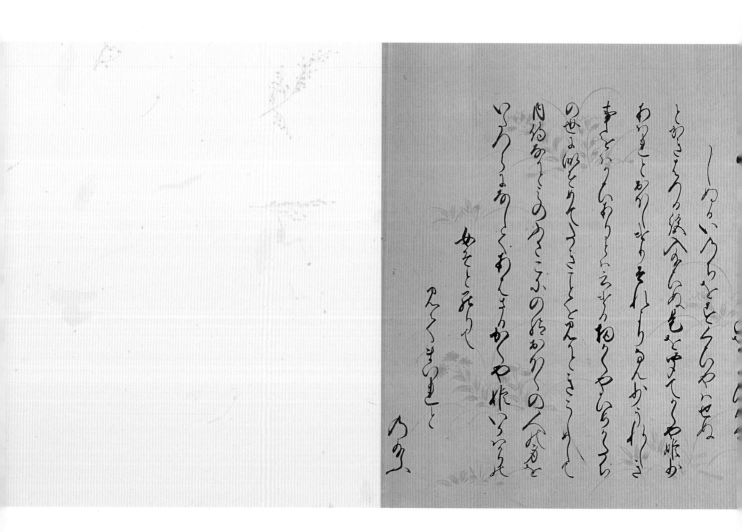

편지를 받으니
보람은 있는구려
상심에 젖어
죽어가는 이 목숨
그대여 구해주오.

다 쓰자마자 주나곤은 숨을 거두었다.

가구야 히메는 그 소식을 듣고 조금 안타깝게 생각했다. 그래서 조금은 기쁜 일을
조개의 '가이'에 빗대어 "가이가 있네(보람이 있네)"라고 말하게 되었다.

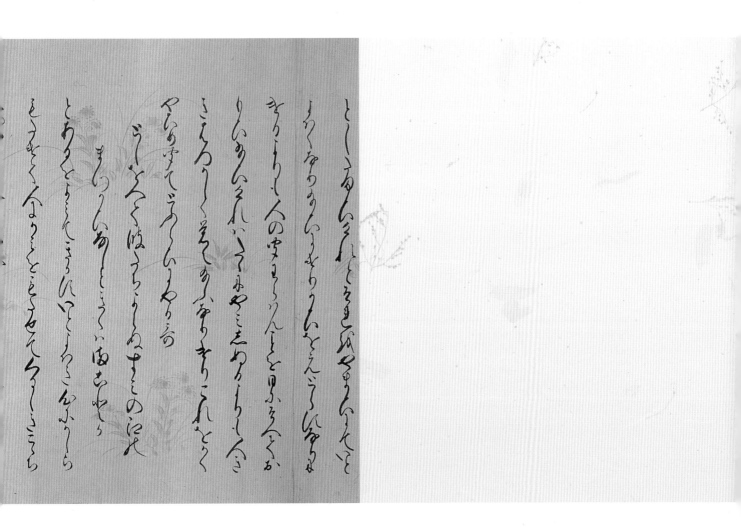

가구야 히메와 천황

그러던 어느 날 천황은 가구야 히메의 용모가 이 세상에 둘도 없이 아름답다는 소문을 듣고서 대전 상궁 후사코에게 말했다.

"구혼자 여럿이 다치거나 목숨을 잃었는데도 결혼을 하지 않는다고 하다니…. 가구

야 히메의 용모가 대체 어느 정도인지 네가 가서 직접 보고 오너라.”

후사코는 어명을 받아 대궐을 나왔다.

다케토리 할아버지 집에서는 황송해하며 상궁을 집 안으로 맞아 모셨다. 상궁이 할머니에게 “주상전하께서 가구야 히메의 용모가 뛰어나다고 하니 가서 보고 오라고 하명하셔서 이리 찾아왔습니다.”라고 말했다. 할머니는 “그럼 그리 전하겠습니다.”라며 방 안으로 들어가 가구야 히메에게 “어서 저 마마님을 맞이해라.”라고 말했다.

가구야 히메는 "뛰어나지도 않은 제 용모를 어떻게 보여드리겠어요."라고 말했다. 할머니는 "가당찮은 말을 하는구나. 전하의 사신을 어찌 소홀히 대할 수 있겠느냐."라고 했다. 가구야 히메는 "입궁하라는 전하의 말씀을 황송하게 생각하지 않아요."라며 상궁을 만나려 하지도 않았다. 할머니는 평소에 가구야 히메를 자신이 낳은 자식처럼 여겼는데 지금은 주눅이 들 정도로 가구야 히메가 대수롭지 않게 말하니 마음대로 강요할 수도 없었다.

할머니는 상궁이 있는 곳으로 돌아와 "송구합니다만 어린 딸자식이 고집이 세서 아무래도 만나실 수 없을 듯합니다."라고 했다. 상궁은 "반드시 만나 보고 오라는 어명이 계셨는데 어찌 만나지 않고 갈 수 있겠습니까. 이 세상 사람이 어찌 국왕의 명령을 받들지 않을 수 있겠습니까. 법도에 어긋난 일은 하지 마십시오."라며 근엄한 말투로 말했다. 그 말을 듣고 가구야 히메는 더더욱 따르지 않았다. "국왕의 어명을 어겼으니 어서 죽여 주십시오."라고 말했다.

상궁은 대궐로 돌아가 그런 사정을 아뢰었다.

천황이 듣고는 "많은 사람을 죽음에 이르게 만들었다는 바로 그 고약한 심보로구나."라며 없던 일로 했다. 하지만 여전히 가구야 히메를 마음에 두고 "그 여인의 잔꾀에 질 수 없다."라고 생각하여 다시 어명을 내렸다.

"너희가 데리고 있는 가구야 히메를 입궁시켜라. 용모가 아름답다는 소문을 듣고 사신을 보냈건만 보람도 없이 데려오질 못했구나. 이리 흐지부지 넘어갈 수는 없느니라."라고 말씀하셨다.

할아버지는 황송해하며 대답하여 아뢰었다.

"실은 이 아이가 입궁하여 도저히 전하를 모실 수 없을 듯하여 난처해하고 있습니다. 하지만 집으로 돌아가 전하의 어명을 받들도록 하겠습니다."

그 말을 듣고 천황이 말했다.

"그대 손으로 키운 자식을 어찌 마음대로 하지 못하는가. 만약 그 아이를 입궁시키면 관직을 하사하겠노라."

할아버지는 기뻐하며 집으로 돌아와 가구야 히메에게 말했다.

"주상전하께서 여차여차 말씀하셨다. 그런데도 여전히 입궁하지 않을 작정이냐?"

그러자 가구야 히메는 "입궁은 절대 하지 않을 거예요. 억지로 입궁시키시면 저는 사라져 버릴 거예요. 관직을 받게 해드리고 나서 저는 죽어 버리면 그만이에요."라고 대답했다.

할아버지는 "그건 안 된다. 자식을 볼 수 없는데 벼슬이 무슨 소용이냐. 그런데 왜 입궁을 하지 않겠다는 것이냐? 죽어야 할 이유라도 있는 것이냐?"라고 물었다. 가구야 히메는 "제 말이 거짓인지는 저를 입궁시키고 어떤 일이 일어나는지 보면 아실 거예요. 청혼하신 분들의 애정도 만만치 않았지만 결국 모두 허망하게 만들었어요. 그런데 어제오늘 내리신 전하의 어명을 따른다면 사람들이 뭐라 말하겠어요."라고 했다. 할아버지는 "세상일이야 이런들 저런들 해도 목숨이 가장 중요한 문제이니 입궁할 수 없다고 말씀드려야겠다."라고 했다.

그리고 대궐에 들어가 "지엄한 어명을 받들어 딸아이를 입궁시키려 했습니다만 '입궁시키면 죽어 버릴 거예요'라고 합니다. 소신이 낳은 자식이 아니고 예전에 산속에서 발견한 아이입니다. 그래서인지 생각하는 것도 이 세상 사람들과는 다릅니다."라고 아뢰었다.

　천황은 "그대 집이 산자락 아래라고 하니 사냥하러 나간 척 행차하면 가구야 히메
를 만날 수 있겠느냐?"라고 하문했다. 할아버지는 "너무나 좋은 생각이십니다. 사실
가구야 히메가 방심하고 있을 때 전하께서 갑자기 행차하시면 만나실 수 있을 것 같
습니다."라고 아뢰었다.

　그러자 천황은 서둘러 날을 잡아 사냥을 나가서는 가구야 히메 집으로 행차했다.

　집 안으로 들어서니 온통 빛이 가득한 아름다운 사람이 앉아 있었다. '이 여인이구나!'라고 생각하여 방 안으로 도망가는 가구야 히메의 소맷자락을 잡았다. 옷소매로 얼굴을 가린 채 조아리고 있었지만 일찌감치 얼굴을 똑똑히 보았기에 이 세상 둘도 없는 아름다운 사람이라고 생각했다. 그래서 "허락하지 않노라."라고 말하며 궁궐로 데려가려고 했다.

그러자 가구야 히메가 대답해 아뢰었다.

"소녀가 이 땅에서 태어난 몸이라면 입궁하겠습니다만 그렇지 않기에 사실 데려가기 힘드실 것입니다."

천황은 "어찌 그런 일이 있겠느냐. 여하튼 데려가겠노라."라고 말하며 어가를 대령하도록 명령했다. 그러자 갑자기 빛이 나며 가구야 히메의 모습이 사라져 버렸다.

천황은 "안타깝고도 아쉽도다. 아무래도 보통 사람은 아니구나."라고 생각하고 "그럼 지금 데려가지 않을테니 원래 모습으로 다시 나타나거라. 그 모습이라도 보고 돌아가겠노라."라고 말했다. 그러자 가구야 히메가 본래 모습으로 돌아왔다. 역시 천황은 가구야 히메를 어여쁘게 여기는 마음을 도저히 멈출 수 없었다.

천황은 그렇게나마 가구야 히메를 만나게 해준 할아버지를 가상히 여겼다. 할아버지는 천황을 모시고 행차한 문무백관들을 성대히 대접했다.

천황은 가구야 히메를 남겨두고 대궐로 돌아가는 것이 못내 아쉽고 섭섭했다. 마치 영혼을 두고 떠나는 심정이었다.

어가에 오르고 나서 가구야 히메에게 편지를 보냈다.

돌아가는 길
울적한 이 마음도
뒤돌아보는
이 마음도 어명을
어긴 그대 탓이요.

가구야 히메가 답장을 보냈다.

잡초 무성한
곳에서 자란 제가
어찌 찬란한
궁을 바라보면서
살 수 있겠습니까.

천황은 가구야 히메의 편지를 보고는 더더욱 갈 곳 없이 애타는 심정이었다. 마음속으로는 떠나고 싶지 않았지만 여기서 밤을 지새울 수도 없어서 대궐로 돌아갔다.

천황은 늘 곁에서 자신을 모시는 후궁들을 둘러봐도 가구야 히메의 발끝에도 못 미치는 여인들뿐이었다. 다른 사람보다 아름답다고 생각했던 후궁도 가구야 히메와 비교하면 너무 평범했다. 천황은 가구야 히메만을 마음에 담아두고 오로지 홀로 지냈다. 아무 이유도 없이 후궁들 처소에도 건너가지 않았다. 가구야 히메에게만 편지를 써 보냈고 가구야 히메도 역시 정성스럽게 답장을 쓰면서 소식을 주고받았다. 천황은 운치 있는 시를 적어 계절에 맞는 꽃가지에 묶어 보냈다.

가구야 히메의 승천

　이렇게 서로 마음을 주고받는 사이에 삼 년의 시간이 흘렀다.

　어느 이른 봄부터 가구야 히메는 아름다운 달을 쳐다보며 평소보다 울적해 보였다. "달을 쳐다보는 것은 불길합니다."라고 말려보아도 사람들이 없을 때면 자주 달을 보고 하염없이 눈물지었다.

　7월 15일 달밤에 가구야 히메는 방 밖으로 나와 깊은 시름에 젖은 채로 앉아 있었다. 가구야 히메를 가까이에서 모시는 하인들이 다케토리 할아버지에게 말씀드렸다.

　"가구야 히메께서는 평소에도 달을 좋아하시지만 요즘 들어 심상치 않아 보입니다. 몹시 걱정하시는 일이 있는 것 같습니다. 정말이지 유심히 살펴봐 주십시오."

　할아버지는 그 얘기를 듣고 가구야 히메에게 "대체 무슨 생각을 하기에 그리 수심에 찬 얼굴로 달을 쳐다보느냐? 이렇게나 좋은 세상에."라고 물었다.

가구야 히메는 "달을 바라보면 그저 세상이 안타깝고 슬퍼요. 제가 걱정할 게 뭐가 있겠어요."라고 말했다.

어느 날 가구야 히메가 있는 곳에 가보니 역시나 시름에 젖어 있었다. 그 모습을 보고 할아버지는 "내 소중한 딸아. 무슨 생각을 하고 있느냐? 걱정스러운 게 뭐냐?"라고 물었다. 가구야 히메는 "걱정 같은 건 없어요. 그저 애틋하다는 생각만 들어요."라고 대답했다.

할아버지는 "달을 쳐다보지 말아라. 달을 보면 누구나 울적해지기 마련이야."라고 말했다. 하지만 가구야 히메는 "어떻게 달을 쳐다보지 않을 수 있겠어요."라며 여전히 달이 뜨면 툇마루에 나가 앉아 한숨짓고 있었다.

가구야 히메는 어둠이 깔리는 저녁이라도 달이 뜨지 않으면 아무 걱정이 없어 보이다가도 달이 뜨면 언제나처럼 때때로 한숨짓고 눈물을 흘렸다. 그 모습을 보고 하인들은 "역시 걱정이 있으셔."라며 소곤댔다. 하지만 할아버지와 할머니는 물론 누구도 그 이유를 알 수 없었다.

　드디어 8월 15일을 앞둔 어느 달밤에 가구야 히메는 방 밖의 툇마루에 앉아 몹시 울고 있었다. 이제는 남들이 쳐다보는 눈도 개의치 않고 울었다. 그 모습을 보고 할아버지와 할머니는 "무슨 일이냐?"라며 야단스레 물었다.

　가구야 히메가 울며 말했다.

　"일찌감치 말씀드리려 했지만 아무래도 두 분 마음을 어지럽힐 것 같아 지금까지

말씀드리지 못했어요. 하지만 더 이상 이렇게 지낼 수가 없어 이제는 말씀드리려 합니다. 저는 인간 세상 사람이 아니라 달나라 사람이랍니다. 전생의 인연으로 이 세상에 온 것이에요. 그런데 이제 돌아갈 때가 되었고 이달 15일 보름날 저를 데리러 예전 달나라에서 사람들이 온다고 합니다. 도저히 피할 수 없어 떠나야 하기에 슬픔에 젖을 두 분 일이 너무 가슴 아파 봄부터 시름에 빠져 있었어요."

흐느끼는 가구야 히메에게 할아버지는 "이게 도대체 무슨 소리냐. 대나무 속에서 발견해서 겨자씨 한 알만한 너를 이만큼이나 크게 키웠는데 그런 소중한 내 자식을 누가 데려간단 말이냐. 절대 용서할 수 없다."라고 말했다. 그리고 "차라리 내가 죽으련다."라며 울부짖는 모습은 정말이지 쳐다보기 힘들었다.

가구야 히메는 "달나라에서는 잠시 떠나온 것인데 여기서는 이렇게 시간이 많이 흘러 버렸어요. 달나라에도 부모님이 계시지만 기억이 잘 나지 않습니다. 여기서 오랫동안 다정스럽게 함께 지냈는데 그만 돌아가야 한다니 전혀 기쁘지 않고 그저 슬프기만 해요. 그런 제 마음과는 달리 이제 돌아가야 합니다."라고 말했다. 그리고 할아버지 할머니와 함께 몹시 울었다.

하인들도 오랜 시간 가깝게 지내면서 가구야 히메의 고귀하고 사랑스러운 성품을 잘 알고 있었다. 헤어지고 나면 그리움이 사무칠 것 같아 물 한 모금 넘기지 못하고 다들 한마음으로 비통해하고 있었다.

천황이 이런 사정을 듣고 다케토리 할아버지 집으로 사신을 보냈다. 할아버지는 대문 밖으로 나가 사신을 맞이하며 하염없이 눈물을 흘렸다. 근심으로 수염은 하얗게 세고 허리는 꼬부랑 휘고 눈가는 짓물러 버렸다. 할아버지는 올해 오십 정도의 나이였지만(14쪽에서는 일흔, 여기서는 오십이라고 나이가 다르게 나오는 것은 고대 소설의 흔적-옮긴이) 근심으로 한순간에 늙어 버린 것 같았다.

사신이 어명이라며 할아버지에게 "'몹시 애통해하며 상심에 젖어 있다는데 그게 사실이냐?'라고 하문하셨습니다."라고 전했다.

할아버지는 울먹이며 "하문해 주셔서 황공하옵니다. 이달 15일 달나라에서 가구야 히메를 데리러 온다고 합니다. 그날 사람들을 보내서 달나라 사람들이 오면 모두 체포해 주십시오."라고 부탁드렸다.

사신이 대궐로 돌아가 천황에게 할아버지의 모습과 부탁 말씀을 전해드렸다. 이를 들은 천황이 다음과 같이 말했다.

"단 한 번 만난 나도 잊을 수 없는데 밤낮으로 함께 지낸 그대들은 가구야 히메를 떠나보내고 나면 어떤 심정이겠느냐."

바로 그 15일이 되자 천황은 관청마다 어명을 내려 다카노 오쿠니 주조를 칙사로 삼아 내금위 군사와 함께 병사 2,000명을 할아버지 집으로 보냈다. 주조는 집에 도착하자 담 위에 1,000명, 지붕 위에 1,000명을 배치하고 이 집의 수많은 하인과 함께 빈틈없이 지키도록 했다. 하인들에게도 활과 화살을 지급하고 순서대로 돌아가며 건물 안으로 보내 방 안에 있는 여자들을 지키게 했다.

할머니는 다락방 안에서 가구야 히메를 끌어안고 있었다. 할아버지는 방문을 걸어

잠그고 문 앞에 앉아 있었다. 할아버지는 "이렇게 지키고 있으니 달나라 사람들에게 질 리가 없네."라고 말했다. 또 지붕 위에 있는 사람들에게는 "하늘에 조금이라도 무언가 나타나면 화살로 쏴 죽이시오."라고 말했다.

병사들은 "이리 철통같이 지키고 있으니 걱정하지 마십시오. 혹시 박쥐라도 한 마리 나타나면 무조건 쏴 죽이고 본보기로 삼아 밖에 내걸겠습니다."라고 말했다. 그 말을 듣고 할아버지는 마음이 든든했다.

그런 사정을 듣고 가구야 히메는 "저를 지키려고 방문을 걸어 잠그고 싸울 준비를 해도 달나라 사람들과 싸울 수는 없답니다. 활과 화살로 쏠 수도 없어요. 이리 가두셔도 달나라 사람들이 오면 방문은 모두 열릴 겁니다. 달나라 사람들에게 맞설 수 있는 용맹한 사람이 없을 거예요."라고 말했다.

할아버지는 "너를 데리러 사람들이 오면 긴 손톱으로 눈알을 뽑아 버리고 머리채를 잡아 땅바닥으로 내던지고 바지를 벗겨 엉덩이를 여기 조정 사람들에게 보여 줘서 창피를 줄 게다."라고 화를 내며 앉아 있었다.

가구야 히메가 말했다.

"큰소리로 말씀하지 마세요. 지붕 위에 있는 사람들이 들으면 너무 민망합니다. 지금까지 키워 주신 두 분 마음을 헤아리지 못하고 이렇게 떠나려니 마음이 아픕니다. 인연이 없어 두 분 곁을 이리 금방 떠난다고 생각하니 너무 슬퍼요. 부모님에 대한 효도를 조금도 하지 못해서 마음이 편치 않아요. 그래서 방 밖으로 나가 툇마루에 앉아서 올 한 해만이라도 시간을 주십사 빌었지만, 전혀 허락해 주지 않아 요즘 그렇게 수심에 차 있었던 거예요. 두 분 마음만 어지럽혀 놓고 떠나는 것이 너무 슬퍼 견딜 수가 없어요. 달나라 사람들은 아주 아름답고 나이도 먹지 않고 게다가 근심도 없어요. 그런 곳으로 가지만 저는 조금도 기쁘지 않아요. 두 분이 나이 들어가시는 모습을 곁에서 지켜보지 못하는 것이 너무 슬퍼요."

그러자 할아버지는 "가슴 아픈 말은 하지 말아라. 아름다운 달나라 사람이 온다고 해도 나는 상관없다."라고 화를 내며 한탄했다.

그러는 사이에 저녁 시간이 지나고 밤 열두 시경이 되자 집 주변이 대낮보다 더 밝게 빛났다. 보름달을 열 개나 합쳐 놓은 것처럼 밝아서 거기 있는 사람들 땀구멍까지 훤히 보일 정도였다. 하늘에서 사람들이 구름을 타고 내려와 지상에서 5척(1.5미터) 정도 떨어진 곳에 멈춰 섰다. 집 안팎에 있던 사람들 모두 뭔가에 씐 듯 맞서 싸우려는 마음이 사라져 버렸다. 가까스로 마음먹고 활시위를 당겨 보려 해도 손에 힘이 들어가지 않고 흐물거렸다. 그중 야무진 사람이 마음을 다잡고 활을 쏘아 보지만 화살은 엉뚱한 곳으로 날아가 버렸다. 그리하여 싸워 보지도 못하고 멍하니 서로 얼굴만 바라보고 있었다.

지상으로 내려온 사람들이 입고 있는 옷은 이 세상 물건 같지 않고 너무나 아름다웠다. 하늘을 날아다니는 가마(비거)는 지붕이 얇은 비단으로 덮여 있었다.

그 안에서 임금처럼 보이는 사람이 집을 향해 "할아범은 이리 나오너라."라고 말했다. 그러자 용맹하던 할아버지는 무언가에 취한 듯이 엎드려 머리를 조아렸다.

"이 어리석은 자야! 네가 작은 선행을 베풀었기에 그 보답으로 가구야 히메를 '잠시' 내려보냈고 그동안 엄청난 황금을 줘서 마치 다시 태어난 듯 부자로 만들어 주었거늘. 가구야 히메가 죄를 지어 미천한 너희 집에 잠시 머물렀다가 이제 죄업이 소멸하여 이렇게 데리러 온 것인데 네가 울며 탄식하다니 가당치 않구나. 얼른 가구야 히메를 돌려보내거라."라고 말했다.

할아버지는 "가구야 히메를 키운 지 스무 해 남짓 지났습니다. '잠시'라는 말씀은 너무 이상합니다. 혹시 다른 곳에 가구야 히메라는 사람이 또 있을지 모르겠습니다."라고 대답했다. 또 "여기 있는 가구야 히메는 중병에 걸려 보낼 수가 없습니다."라고도 했다.

달나라 사람은 할아버지 말에 대꾸도 하지 않고 지붕 위로 가마를 가져와 말했다.

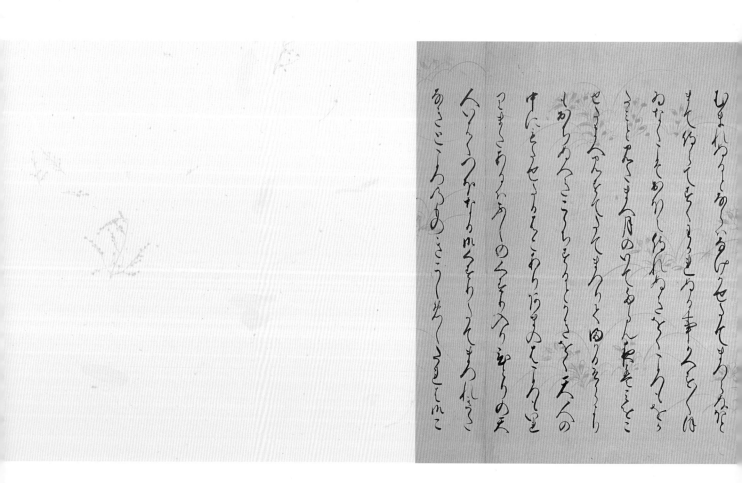

"가구야 히메야, 이런 부정한 곳에 어찌 더 머물 수 있겠느냐."

그러자 곧바로 가구야 히메를 숨겨 놓은 다락방 문이 열렸다. 누가 열지도 않았는데 격자 방문도 스르르 열려 버렸다. 할머니가 꼭 껴안고 있던 가구야 히메는 방 밖으로 나왔다. 할머니는 어쩔 수 없어 그저 쳐다만 보며 울고 있었다.

가구야 히메는 심란하여 엎드려 울고 있는 다케토리 할아버지에게 다가가서 말했다.

"제 마음과 달리 이렇게 떠나게 되었습니다. 그러니 제가 하늘로 올라가는 모습만이라도 지켜봐 주세요."

하지만 할아버지는 "이렇게 가슴이 아픈데 어떻게 너를 배웅할 수 있겠느냐. 우리는 어쩌라고 이리 버려두고 달나라로 가려는 거냐. 우리도 함께 데려가다오."라며 쓰러져 울었다. 그 모습을 보고 가구야 히메는 마음이 혼란스러웠다. 그래서 "편지를 써 두고 떠날게요. 제가 보고 싶을 때마다 꺼내 읽어 주세요."라고 울면서 편지를 썼다.

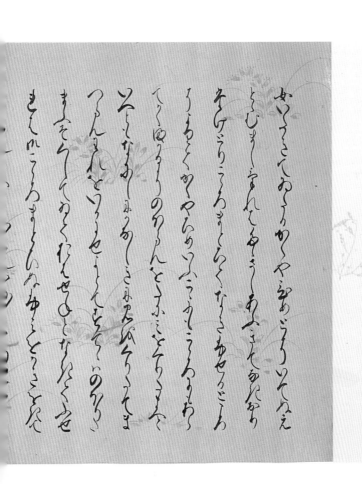

"제가 이 세상에서 태어났더라면 두 분이 슬퍼하지 않고 함께 지낼 수 있었겠지요. 허락된 시간이 모두 지나 이별해야만 하는 게 너무 안타까워요. 벗어 놓은 옷을 저라 생각해 주세요. 달이 뜨는 밤에는 하늘을 올려다 봐주세요. 두 분을 두고 떠나려니 마치 하늘에서 떨어질 것 같은 심정이랍니다."라는 글을 남겼다.

달나라 사람 중 하나가 함을 들고 있었는데 거기에 날개옷이 들어 있었다. 또 다른 함에는 불사약이 들어 있었다. 한 사람이 "단지에 들어 있는 약을 드십시오. 부정한 이곳 음식을 드셔서 마음이 불편한 것입니다."라고 말하며 들고 다가왔다.

가구야 히메는 입술에 조금만 대고서 자신을 추억하도록 남은 약을 벗어 놓은 옷으로 감싸서 남겨두려 했다. 그러자 옆에 있던 달나라 사람이 불사약을 남기지 못하게 했고 날개옷을 꺼내 입히려 했다.

그때 가구야 히메는 "잠깐만 기다려 주세요."라고 말했다. "날개옷을 입으면 마음이 변해 버린다고 하지요. 한마디 남기고 싶은 말이 있어요."라며 편지를 썼다. 그러자 달나라 사람이 "늦었습니다."라며 안절부절못했다.

가구야 히메는 "사정도 모르면서 그렇게 말씀하지 마세요."라며 너무나도 차분하게 천황한테 편지를 썼다.

"이렇게 많은 병사들을 보내 주셨으나 불가항력의 사신들이 찾아와 저를 데리고 가는 상황이 너무 안타깝고 슬픕니다. 제가 입궁하지 않은 이유도 이런 힘든 처지였기 때문입니다. 아마 저를 이해할 수 없는 사람이라고 생각하셨겠지요. 고집스레 어명을 따르지 않아 무례한 사람으로 여기시는 것이 마음에 걸립니다."라고 쓰고는

어쩔 수 없이
날개옷 입으려는
이 순간에야
당신을 간절하게
떠올리고 있어요.

라는 시를 적었다. 주조를 불러 편지를 불사약 단지와 함께 천황께 바치도록 했다. 달나라 사람이 받아 주조에게 건네주었다. 주조가 약단지를 받아들자 곧바로 달나라 사람이 가구야 히메에게 날개옷을 입혔다. 그러자 할아버지를 안쓰럽고 애틋하게 생각하던 마음이 모두 사라져 버렸다. 날개옷을 입으면 이 세상의 근심이 사라지기에 가구야 히메는 가마를 타고 백 명 남짓한 달나라 사람들과 함께 하늘로 올라가 버렸다.

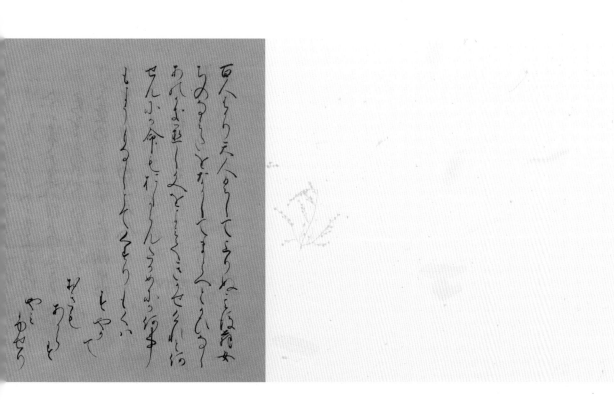

　그 뒤로 할아버지와 할머니는 피눈물을 흘리는 듯한 고통스러운 심정이었지만 어
쩔 수 없었다. 가구야 히메가 남긴 편지를 읽어도 "누구를 위해 무엇을 위해 이 목숨
이 아깝겠느냐. 만사 아무 소용 없네."라며 약도 먹지 않았다. 결국에는 일어나지도

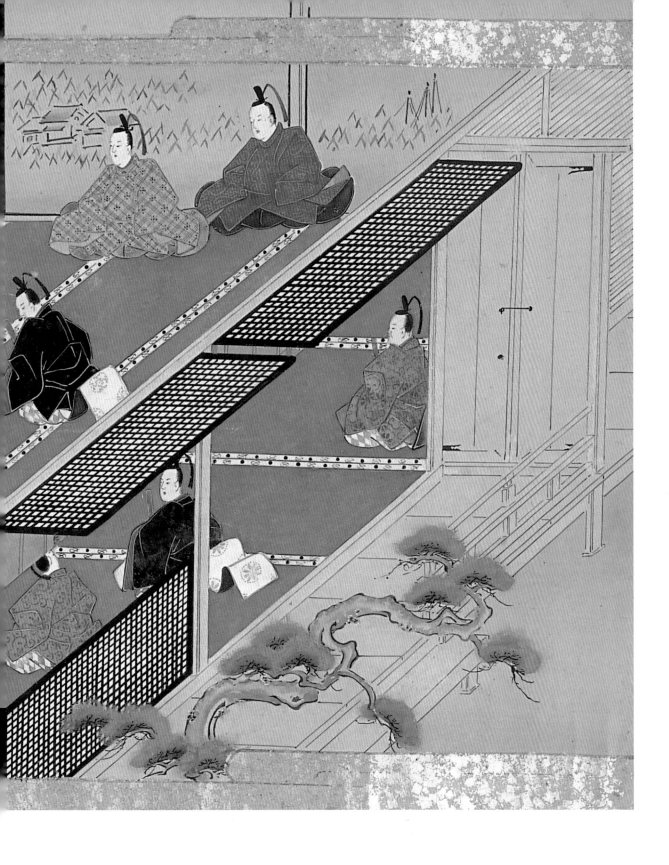

못하고 병석에 드러누웠다.

주조는 병사들을 데리고 대궐로 돌아가 천황에게 가구야 히메를 지켜 내지 못한 사실을 세세하게 아뢰었고 약단지와 편지도 함께 진상했다.

후지산, 병사가 많은 산

천황은 편지를 읽어 보고는 몹시 비통해하며 수라도 들지 않았다. 그래서 궁중 연회도 열리지 않게 되었다.

그러던 어느날 천황이 정승과 당상관을 불러 하문했다.

"어느 산이 가장 하늘에 가까운가?"

한 사람이 "시즈오카(스루가)에 있는 산이 도성과도 가깝고 하늘과도 가깝습니다."라고 말씀드렸다.

그 말을 듣고

그대를 다시
만날 수가 없어서
눈물로 지새는
나에게 불사약이
무슨 소용이리오.

라는 시를 써서 가구야 히메가 보낸 약단지와 함께 사신에게 건넸다. 즈키노 아와가사라는 사람을 칙사로 삼아 시즈오카에 있다는 산 정상으로 가져가라는 어명을 내렸다. 산꼭대기에 가서 편지와 불사약 단지를 가지런히 놓고 불을 피워 태우라는 것이었다.

그 어명을 받은 칙사가 병사(士)를 많이(富) 데리고 산으로 올라갔기 때문에 그 산을 '후지(富士, 병사가 많은)산'이라 부르게 되었다.

그리고 그 연기는 아직도 구름 위로 피어오르고 있다는 이야기가 전해 내려온다.

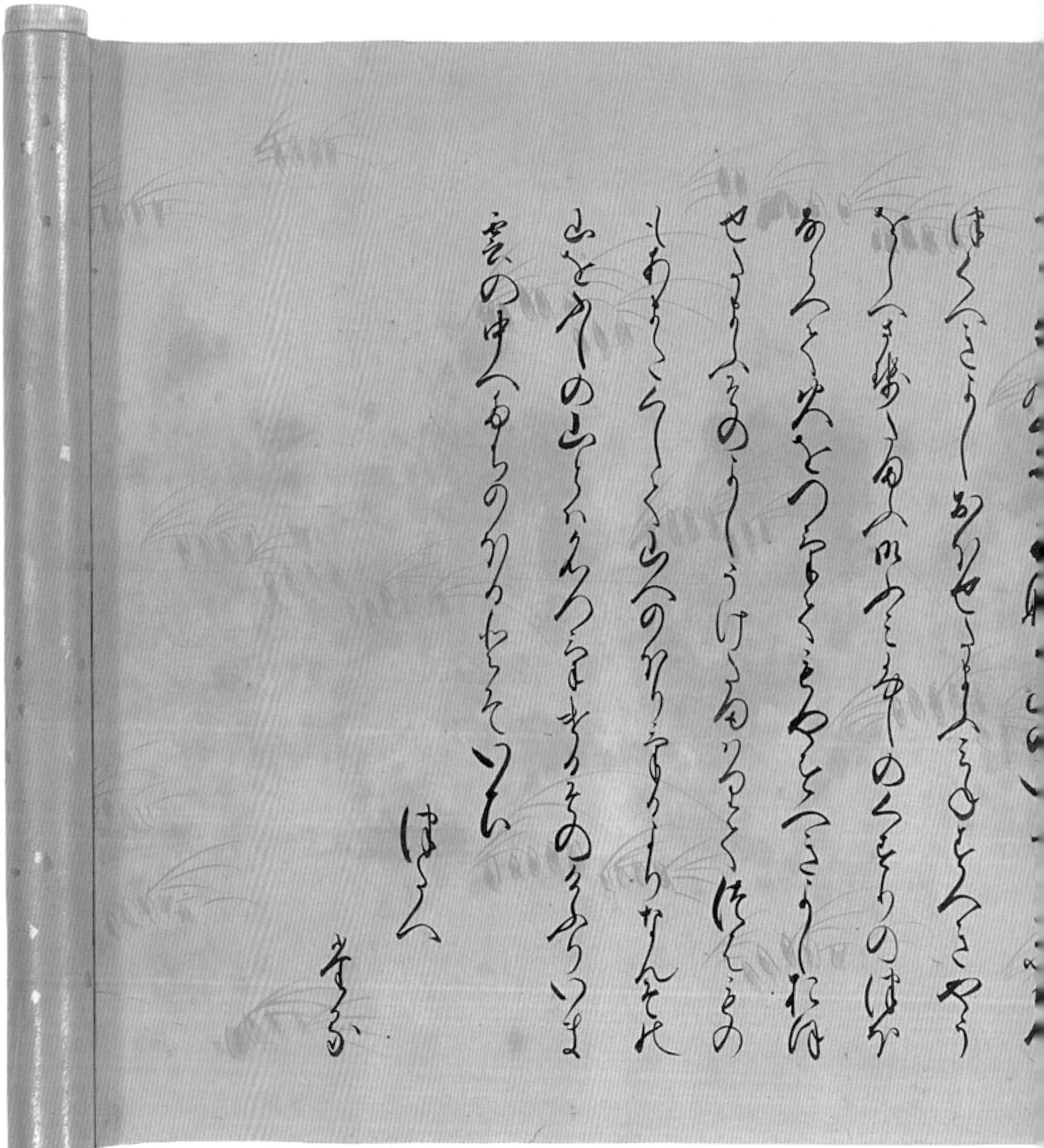

はるくさ〜しあるを〜せ〜はや〜

〜ひ〜のくもりのは〜

あ〜くめとつ〜〜〜さ〜〜な

せ〜〜のし〜うけ〜りつ〜ほ〜の

しあ〜〜く山のあり〜らんそ

山と〜の山〜れろ〜のうつま

雲の中〜あ〜のりか〜て〜と

　　　　　　　　　ほ〜

　　　　　　　　き〜

ちよくしふく月のうへにかゝやきてふくとめく

『다케토리 이야기』-시간과 공간을 넘어

- 이애숙

일본 소설의 시조

『다케토리 이야기(竹取物語)』는 일본에서 가장 오래된 소설입니다. 누구 작품인지는 알 수 없지만 10세기경 만들어진 고전으로 이미 11세기 초부터 '일본 소설의 시조'라는 타이틀을 획득한 작품입니다.

일본 고전을 대표하는 『겐지 이야기(源氏物語)』에서 나온 평가인데요, 이는 1,000년 이상의 세월이 흐른 21세기 오늘날까지 『다케토리 이야기』의 명성과 인기를 보증하고 있습니다. 주인공 가구야 히메를 중심으로 동화, 영화, 애니메이션 등 다양한 문화영역에 이르기까지 이 작품의 높은 인지도는 독보적이라고 할 수 있습니다.

이러한 인기와 유명세는 비단 일본에만 한정된 것이 아닙니다. 전 세계 독자를 위한 독서 리스트 『죽기 전에 꼭 읽어야 할 책 1001권(피터 박스올 지음, 박누리 옮김, 마로니에 북스(2017)』에서도 일본을 대표하는 고전으로 당당히 평가받으며 그 이름을 널리 알린 작품입니다.

아울러 다카하타 이사오(高畑勲) 감독의 애니메이션 〈가구야 공주 이야기(かぐや姫の物語)〉의 원전으로, 일본 문화를 대표하는 고전 중의 고전이자 문화콘텐츠로 일본 국내는 물론 세계적으로 소비되고 있습니다.

한국 독자에게도 친숙한 '엄지공주'나 '나무꾼과 선녀' 같은 이야기 구조를 지닌 10세기경의 고전 소설이 시간과 공간의 경계를 넘나들며 독자들에게 공감을 주는 이유는 무엇일까요?

그렇습니다. 『다케토리 이야기』는 죄를 짓고 지상으로 내려온 세 치 정도 크기의 가구야 히메가 대나무 통 속에서 자신을 발견하고 양육한 다케토리 할아버지에게 부를 가져오고 귀공자들과 천황의 청혼을 거절하고 다시 달나라로 돌아간다는 판타지 이야기입니다.

하지만 판타지의 환상은 다양한 등장인물, 즉 스스로 생각하고 말하고 행동하는 가구야 히메, 상실의 아픔에 빠진 할아버지와 천황, 어처구니없는 다섯 명의 귀공자 캐릭터를 매개로 인간의 현실을 더욱 생생하게 보여 줍니다.

이야기를 읽어 내려가다 보면 판타지 이야기의 환상과 현실이 어우러지면서 독자들의 호기심과 공감을 불러일으킵니다. 바로 그 점이 시공간을 넘어 사랑받는 『다케토리 이야기』의 매력이라고 할 수 있습니다.

이야기의 중심에는 천상의 존재이면서 스스로 생각하고 말하고 행동하는 가구야 히메가 자리하고 있습니다.

가구야 히메

먼저 가구야 히메의 캐릭터에 주목해 봅시다.

죄를 짓고 지상으로 내려온 가구야 히메, 세 치 크기로 대나무 통 속에서 발견되어 3개월 만에 아름다운 성인 여성이 된 가구야 히메, 다섯 귀공자를 비롯한 천황의 청혼마저 거절한 가구야 히메, 날개옷을 입고 달나라로 돌아가는 가구야 히메는 신비롭고도 환상적인 등장인물입니다. 독자들의 주목을 받을 만하지요.

하지만 캐릭터에 주목하면 가구야 히메는 주체적이고 능동적인 인물입니다. 보호의 대상이 아니라 마치 현대사회에서 추구하는 주체적인 인간, 그리고 스스로 생각하고 말하고 행동하는 여성입니다. 세상의 통념에 따르지 않고 의문을 제기하고 자신의 판단에 따라 행동하는 의지의 인물입니다.

예를 들어보겠습니다.

다케토리 할아버지는 "이 세상 사람들은 남자는 여자를 만나고 여자는 남자를 만나 결혼을 한단다. 결혼하고 자손이 태어나면서 집안이 번성해지는 거란다. 그러니 어찌 결혼을 안 할 수 있겠느냐."라며 가구야 히메에게 결혼을 강요합니다.

하지만 가구야 히메는 할아버지에게 "왜 그래야 하나요?"라며 근원적인 질문을 제기합니다. 세상의 통념에 의문을 가지고 자신의 언어로 표현합니다.

그러고는 "아무리 훌륭한 분일지라도 애정이 얼마나 깊은지 모른 채 결혼하기는 힘들 것 같아요."라며 애정의 깊이라는 자신의 기준을 제시하여 직접 결혼 상대를 선택하는 행동에 나섭니다.

가구야 히메는 다케토리 할아버지, 이른바 아버지라는 존재만이 아니라 지상 최고의 권력을 상징하는 천황에게도 당당히 맞서 나갑니다.

어명을 전하며 "이 세상 사람이 어찌 국왕의 명령을 받들지 않을 수 있겠습니까. 법도에 어긋난 일은 하지 마십시오."라는 상궁에게 "국왕의 어명을 어겼으니 어서 죽여 주십시오."라며 죽음까지 불사하며 천황의 청혼을 거절합니다.

한발 더 나아가 "청혼하신 분들의 애정도 만만치 않았지만 결국 모두 허망하게 만들었어요. 그런데 어제오늘 내리신 전하의 어명을 따른다면 사람들이 뭐라 말하겠어요."라며 왕조사회의 근간인 신분질서에 의문을 던집니다. 천황과 귀공자들을 똑같이 청혼자로 평가하는 자신만의 기준을 제시하며 나아가 의지를 관철합니다.

비단 이 세상 사람만이 아니라 달나라 사람에게도 적용됩니다.

지상에 내려온 달나라 사람이 "늦었습니다."라며 승천을 재촉하자 가구야 히메는 "사정도 모르면서 그렇게 말씀하지 마세요."라고 일갈합니다. 자신의 의지대로 "너무나도 차분하게" 천황에게 마지막 편지를 쓰고 나서 날개옷을 입고 천상의 존재가 되어 달나라로 돌아갑니다. 누구도 맞서 싸울 수 없는 불가항력의 존재를 상대로도 조금도 주눅들지 않고 스스로 생각하고 말하고 행동하는 가구야 히메입니다.

판타지 이야기의 환상에 둘러싸인 천상의 존재 가구야 히메의 주체적이고 능동적인 모습이 시공을 넘어 독자들의 공감을 이끌어 냅니다.

다섯 명의 귀공자

이어서 가구야 히메 중심의 이야기를 보조하는 다섯 귀공자에게 주목해 봅시다.

가짜 바리때를 가져온 석공 왕자, 가짜 옥구슬 나뭇가지를 만들어 온 곳간 왕자, 불에 타는 불쥐 털옷을 가져온 우다이진(右大臣), 용의 목 구슬 대신 목숨을 구걸한 다이나곤

(大納言), 순산을 돕는 조개가 아니라 제비 똥 때문에 낙상한 주나곤(中納言). 이 다섯 명의 귀공자는 가구야 히메와는 정반대로 동경의 대상이 아니라 비웃음을 사는 등장인물입니다.

　사실 왕자라는 혈통과 귀공자들의 높은 관직은 왕조사회의 질서인 신분을 보증하는 것으로 그 자체로 존경과 동경의 대상이라고 할 수 있습니다. 하지만 다섯 명의 귀공자들은 난제에 도전하여 실패하는 것뿐만 아니라 마지막에는 비웃음의 대상으로 전락합니다. 바로 그 점에서 이야기를 마무리하는 어원 이야기에 주목하고자 합니다. 일본어의 어원을 이야기하는 언어유희는 독자들에게 큰 웃음을 선사합니다.

　예를 들어보겠습니다.

　'하지를 버리다(염치를 버리다)'는 가짜 바리때 '하치(하지)'를 버리고도 가구야 히메를 소망하는 석공 왕자의 뻔뻔함에서 나온 말이라고 합니다. 높은 신분과의 부조화를 상징하는 석공 왕자는 사람들의 비웃음을 살 수밖에 없습니다.

　'다마가 나가다(혼이 나가다)'는 가짜 옥구슬 '다마'가 들통나 사람들 눈을 피해 모습을 감추고 사라진 곳간 왕자 이야기에서 나온 말이라고 합니다. 술수만 뛰어난 왕자이기에 오히려 사람들을 피해 산속으로 떠나버린 부끄럼을 독자들은 짐작할 수 있습니다.

　'아에가 없다(어이가 없다)'는 활활 타 버린 불쥐 털옷을 구해 온 우다이진의 이름 '아베(아에)'에서 비롯된 말이라고 합니다. 가짜와 진짜를 구분하지 못하고 희망에 들뜬 우다이진의 어리석음을 비웃는 표현입니다.

　'다에가 힘들어(참기 힘들어)'는 용의 목 구슬 대신 두 눈에 자두 같은 구슬을 달고 돌아온 다이나곤의 모습에 빗대어 "그 자두는 다베(다에) 가타(먹기 힘들어)"라고 말한 데서 생겨났다고 합니다. 고을 수령도 웃음을 참기 힘들었던 남 탓만 하는 다이나곤의 모습을 비웃고 있습니다.

　마지막으로 '가이가 있네(보람이 있네)'는 순산을 돕는다는 조개(가이)를 구하려다 낙상하여 죽음에 이른 주나곤 이야기에서 비롯된 말이라고 합니다. 주나곤의 죽음을 가구야 히메가 조금은 안타깝게 생각하여 생겨난 말입니다. 하지만 "조개(가이)가 없어", "보람(가이)이 없다"라는 표현을 상기시키며 병이 아니라 소문과 비웃음이 두려워 죽어간 주나곤의 어리석음을 폭로하고 있습니다.

이처럼 다섯 귀공자들의 청혼 이야기는 모험의 흥미와 어원의 비웃음이 어우러지면서 독자들의 공감을 자아냅니다. 특히 비웃음을 매개로 모험 판타지 이야기에서 현실 인간들의 모습을 발견할 수 있다는 점이 바로 『다케토리 이야기』의 매력이라 할 수 있습니다.

바로 그 점에서 이야기의 결말에 주목하고 싶습니다. 가구야 히메가 승천한 천상과 가장 가까운 산, 후지산은 어명을 받은 칙사가 "병사(士)를 많이(富) 데리고 산으로 올라 갔기 때문에 그 산을 '후지(富士, 병사가 많은)산'이라 부르게 되었다."고 합니다. 이 역시 어원 이야기입니다만 후지산의 "연기는 아직도 구름 위로 피어오르고 있다는 이야기가 전해 내려온다."고 합니다.

천상의 가구야 히메가 지상에 남긴 편지와 불사약을 태우는 후지산의 연기는 천상과 지상의 단절, 천상이라는 환상적 공간에 대한 지상의 동경을 상징합니다. 그러기에 '아직도 피어오르는 연기'는 판타지의 환상에서 현실을 발견한 독자들에게 남겨진 다음 이야기는 아닐까요? 독자들의 몫이 바로 시공을 넘나드는 『다케토리 이야기』의 매력이 아닐 수 없습니다.

에마키와 함께 읽는 일본 고전

독자는 독서 행위의 주체입니다. 문학은 독자가 읽고 공감함으로써 그 의미를 지닙니다. 번역으로 읽는 문학이기에 특히 『다케토리 이야기』의 가독성과 대중성을 어떻게 담보할 수 있을지 고민했습니다.

그 이유는 『다케토리 이야기』는 '일본 소설의 시조'로 10세기경의 고전이기 때문입니다. 고전어의 난이도와 더불어 동시대성을 담보하지 못한 외국의 고전 번역은 독자의 가독성을 얻기 힘듭니다.

아울러 『다케토리 이야기』는 다양한 문화콘텐츠로 널리 소비되고 있는 고전이기 때문입니다. 가공된 문화콘텐츠와 고전 원전 사이의 간극으로 고전 번역은 독자의 가독성과 대중성을 확보하기 힘든 작업입니다.

그 점에서 『겐지 이야기』가 12세기 초 에마키(絵巻)를 시작으로 이후 다양한 그림책을 매개로 귀족에서 서민층으로까지 일반화된 점에 주목했습니다. 『다케토리 이야기』

도 16세기 이후 에마키 등 다양한 그림책 형태로 대중적 수용과 향유가 가속화되었습니다(그림 해설 참조). 그림 이미지의 도움으로 독자의 가독성을 높여 대중성을 확보한 것입니다.

검증된 실제 사례에 착안하여 『다케토리 이야기』에서는 글과 그림이 함께하는 번역을 시도하게 되었습니다. 10세기 일본어와 17세기 에마키를 융합한 고전 번역은 힘든 작업이었지만 그림 이미지를 매개로 외국 고전 번역의 한계인 가독성과 대중성을 담보하고자 했습니다. 왕조사회 배경의 사극에 익숙한 한국 독자들이 『다케토리 이야기』를 재밌게 읽고 공감할 수 있기를 기대합니다.

번역 원문은 『新編日本古典文学全集』(小学館 1994)과 『新日本古典文学大系』(岩派書店, 1997)을, 에마키는 릿쿄대학(立教大学) 도서관 소장 『竹取物語絵巻』를 중심으로 竹取物語貼交屛風, 絵巻「たけとり物語」, 絵入り写本「たけとり」甲本·乙本·丙本을 함께 사용했습니다.

아울러 『다케토리 이야기』의 출간에 즈음하여 번역자의 의도에 적극적인 지지를 보내주고 그림 해설을 맡아주신 고지마 나오코 교수님, 번역자의 취지를 살려 『다케토리 이야기 에마키(竹取物語絵巻)』를 비롯한 귀중한 소장 그림을 사용하도록 허락해 주신 릿쿄대학 도서관에 감사의 말씀을 드립니다. 에마키와 고전 번역이라는 까다로운 편집작업을 멋지게 마무리해 주신 신경진 선생님께도 감사 인사를 드립니다.

『다케토리 이야기 에마키』 - 가구야 히메, 그림이 되다

- 고지마 나오코

영원한 동경의 대상

'가구야 히메', 하늘에서 내려온 아름다운 여신. 도성 귀공자들과 천황의 청혼마저 거절하고 할아버지와 할머니를 남겨두고 달나라로 돌아가는 슬픈 이야기.

가구야 히메는 일본에서 지상의 누구보다 아름다운 여신으로 영원한 동경의 대상입니다. 『다케토리 이야기』는 10세기 전후 1000년도 이전에 성립되었지만 일본 문학에 큰 영향을 미친 고전 중의 고전입니다. 지금도 백설공주나 인어공주 못지않은 판타지 이야기의 단골 주인공입니다. 아이에서 어른까지 가구야 히메를 모르는 일본인은 없습니다. TV 광고 모델로도 자주 나오는 인물입니다.

영원한 동경의 대상인 가구야 히메 이야기를 이해하는 데 그림은 아주 유용합니다. 헤이안 왕조 시대인 11세기 초의 『겐지 이야기』에도 『다케토리 이야기』를 그린 그림과 관련된 이야기가 나옵니다. 가구야 히메 이야기는 귀족문화를 배경으로 그림과 함께 향유되면서 이후 무사 시대를 거쳐 현재까지 이어져 오고 있습니다.

현재 남아 있는 대부분의 『다케토리 이야기』 그림은 에도 시대인 17세기 이후의 것입니다. 본문에 그림을 그려 넣은 두루마리 그림책 에마키(絵巻), 필사본이나 판본에 삽화를 그려 넣은 그림책(絵入り本), 병풍에 그림만 붙인 것 등이 있습니다.

이런 그림책을 일본화 야마토에(大和絵) 중에서 특별히 나라에혼(奈良絵本)이라 부릅니다. 다만 16세기에서 17세기 사이 귀족이나 다이묘를 비롯한 무사들에게 제공된 전통적인 야마토에는 도사(土佐)파나 가노(狩野)파와 같은 명문 유파의 저명한 화가들이 그렸습니다.

나라에혼은 부유한 상인 등 신흥세력들의 문화 활동 일환으로 교토의 그림 전문 출판사(絵草子屋) 공방에서 장인 화가가 제작한 대중적이고 친숙한 그림입니다. 목판 인쇄술의 발달에 따른 판본 출판과 맞물려, 옛날 귀족이나 다이묘의 권위를 상징하던 고전 문예가 상인 조닌을 시작으로 민간으로까지 널리 침투하게 된 것입니다. 이런 새로운 시대 분위기 속에서 나라에혼 『다케토리 이야기』도 제작되었습니다.

이 책에서는 『다케토리 이야기 에마키(竹取物語絵巻)』를 중심으로 릿쿄대학 도서관에서 소장한 나라에혼 에마키를 사용하고 있습니다. 『竹取物語絵巻』나 絵入り写本 「たけとり」 같은 명작 에마키의 소재는 현재까지 일본 국내만이 아니라 세계 각지에서 파악되고 있습니다. 릿쿄대학 도서관의 소장본은 뉴욕 메트로폴리탄 미술관 소장본, 아일랜드의 체스터 비티 도서관 소장본, 고쿠가쿠인(國学院)대학 소장본과 함께 매우 아름다운 걸작입니다.

그렇습니다. 이 책에서 확인할 수 있듯이 가구야 히메의 아름다움은 그야말로 그림입니다. 모든 나라에혼에도 매우 아름답게 담겨 있습니다. 이야기에서 남성 귀족들과 천황까지 매료시킨 인물이니까요.

강인하고 신비한 존재

하지만 아름다운 그림에 이끌려 작품 세계로 들어가 보면 가구야 히메의 조금 색다른 모습과 만나게 됩니다. 인간 그 누구도 다가오지 못하게 하는 강인한 존재의 모습입니다. 달나라로 돌아가는 가구야 히메의 모습에는 인간을 제압하는 신비하고 강인한 매력이 넘쳐 흐르고 있습니다.

가구야 히메의 신비스러움은 이야기 초반부터 등장합니다.
- 빛나는 대나무 통 속에서 조그만 모습으로 발견되어 할아버지가 키우다(8~9쪽).
- 3개월 만에 아름답게 성장하여 청혼자들을 매혹하다(11쪽, 12~13쪽).

하지만 이어지는 청혼 이야기에서는 신비한 힘이 잠시 모습을 감춥니다. 거기에는 가구야 히메에게 청혼한 귀공자들이 난제를 둘러싸고 실패하는 모습이 나옵니다.

- 첫 번째 왕자는 가짜 '부처님 바리때'로 거짓이 드러나다(18~19쪽, 20~21쪽).
- 두 번째 왕자는 제작한 봉래산 옥구슬 나뭇가지를 가져오고(22~23쪽, 24~25쪽), 장인들이 나타나 거짓이 폭로되다(29쪽, 30~31쪽).
- 세 번째 우다이진은 수입품 불쥐 털옷을 손에 넣었지만(34~35쪽, 37쪽), 불에 타지 말아야 할 털옷이 타버려 가짜인 것이 밝혀지다(38~39쪽).
- 네 번째 다이나곤은 가신들을 불러 용의 목 구슬을 가져오도록 명령하고(42~43쪽, 44~45쪽), 직접 가지러 바다로 나가서는 난파당하다(46~47쪽, 48~49쪽).
- 다섯 번째 주나곤은 제비가 가진 순산을 돕는 조개를 집다 떨어져(55쪽, 56~57쪽) 크게 다치고는 죽음에 이르다(58~59쪽).

이처럼 난제에 도전하여 허망하게 실패하고는 사회적 수치를 당하는 귀공자들의 볼품없는 모습이 부각됩니다.

결과적으로 다섯 청혼 이야기는 가구야 히메의 승리를 이야기합니다. 네 번째 다이나곤이 난제에 도전하여 크게 다치고서는 분함 때문에 "가구야 히메라는 큰 악당이 사람을 죽이려 한 거야."라며 추태를 부립니다. 아무리 져서 분하다지만 '큰 악당', '사람을 죽이려 한다'라는 오명을 씌우는 것은 정말이지 놀랍습니다. 오히려 귀공자들을 굴복시킨 가구야 히메의 강인함을 느끼게 만드는 장면이라 할 수 있겠지요.

'빛'의 부활, 천황과의 대결

스토리에서 가구야 히메의 초월성이 다시 부상하는 것은 천황의 청혼에서부터입니다. 에마키에는 그 초월성이 어떻게 표현되고 있을까요? 가구야 히메와 천황이 대치하는 장면이 눈에 띕니다.

스토리를 따라가면 우선 천황은 권위를 이용해 가구야 히메를 입궁시키려 합니다. 먼저 상궁을 칙사로 파견하여 '주상의 어명'이라며 명합니다(60~61쪽). 하지만 가구야 히메가 자신을 "죽여 달라"고 저항하자 상궁은 포기하고 천황에게 그런 사실을 보고합니다(62~63쪽). 천황의 명령을 황송히 생각하지 않는다는 가구야 히메의 호기로운 말은 이 세상에 무서울 게 없다는 의미가 됩니다. 가구야 히메는 아름다울 뿐 아니라 지상에서

최강의 존재임이 드러납니다.

이어 천황은 할아버지를 불러 가구야 히메를 입궁시키라 명하지만 가구야 히메는 또다시 거절합니다. 천황은 하는 수 없이 직접 가구야 히메를 만나러 가지만 역시 거부당합니다. 이야기에서 가장 결정적인 —천황이 가구야 히메의 소매를 잡아 데리고 가려는 찰나 가구야 히메가 번쩍 '빛'을 내며 시야에서 사라지는— 장면은 인간 세상에서는 일어날 수 없는 일입니다. 다시 '빛'을 내며 신비한 정체를 드러내는 가구야 히메를 인간인 천황은 더 이상 잡을 수 없습니다.

그림으로 이 장면을 어떻게 묘사할 수 있을까. 사실 이런 신비한 장면을 그림에서 구체적으로 묘사하는 것은 매우 어려운 듯합니다. 이 장면을 그린 그림에는 가구야 히메와 천황을 나란히 배치하고 둘 사이에 거리를 두는 구도가 많습니다(66~67쪽, 68쪽).

이야기 내용대로 '빛'의 부활을 표현한 그림은 찾아볼 수 없습니다. 그림에서 천황과 가구야 히메는 어디까지나 인간적 관계로 묘사됩니다. 따라서 강인하고 신비한 가구야 히메의 모습은 이야기를 읽어야만 알 수 있습니다.

그리고 달나라 사람들이 가구야 히메를 데리러 와서 승천하는 이야기가 이어집니다. 가구야 히메를 지키기 위해 천황이 파견한 2,000명의 병사들도 달나라 사람들을 대적할 수 없습니다(76~77쪽, 78~79쪽). 앞서 설명했듯이 드디어 8월 15일 달밤에 가구야 히메는 달나라 사람들과 함께 달나라로 돌아갑니다. 너무나 아름답고 강인하고 신비한 존재의 승천입니다.

남겨진 사람들

앞의 이야기로 다시 돌아가 보겠습니다.

이야기에서는 가구야 히메가 신비함을 회복하기에 앞서 인간적 모습을 집중적으로 강조했습니다. 8월 15일 달밤을 목전에 두고 가구야 히메는 달을 쳐다보고 '시름'에 빠져 슬픔에 젖어 있습니다. 이를 수상히 여긴 할아버지와 식솔들에게 자신은 달나라에서 내려왔고 보름날 자신을 데리러 달나라 사람들이 온다고 고백합니다(70~71쪽, 72~73쪽, 74쪽). 천황은 가구야 히메를 지키려 병사들을 보내지만 아무 소용이 없습니다. 가구야 히메는 '날개옷'을 입자마자 '시름'이 사라지고 승천합니다(84~85쪽).

한편 가구야 히메를 잃은 할아버지와 천황, 남겨진 사람들은 비탄에 빠집니다. '시름' 속에 남겨진 것입니다.

가구야 히메는 할아버지와 천황에게 자신을 기억할 물품으로 편지와 '불사약'을 남깁니다. 하지만 할아버지는 약도 먹지 않고 몸져누워 버립니다. 천황도 가구야 히메를 다시 만날 수 없다면 '불사약'도 소용없다고 말하며 칙사에게 명령하여 일본에서 가장 높은 산 후지산에서 태우도록 합니다.

그림에서 마지막 이 장면을 어떻게 묘사하고 있는지는 에마키와 그림책마다 다양합니다. 이 책에서 사용한 에마키에는 천황과 칙사가 편지와 불사약을 사이에 두고 마주하는 모습으로 묘사되어 있습니다(86~87쪽). 다른 에마키나 그림책에는 가구야 히메가 남긴 편지를 태우는 연기가 산꼭대기에서 피어오르는 후지산 그림이 그려진 것도 있습니다.

'시름' 속에 남겨진 사람들. 그와는 대조적으로 '시름'을 잊고 달나라로 귀환한 가구야 히메. 이 이야기가 그려낸 천상과 지상의 대비는 너무나 선명합니다. 그림이 두 세계의 차이를 명확히 구분하는 데 도움을 주고 있습니다.

그림에서 가장 인상적인 점은 가구야 히메의 완벽한 아름다움입니다. 이야기가 전달하는 가구야 히메의 고독한 강인함을 아름다운 화면 뒤로 숨겨버립니다. 보다 깊이 이야기 내용을 이해할 수 있도록 유도하는 삽화의 효과가 매우 크다고 할 수 있습니다.

이야기의 마지막 하이라이트는 앞서 소개한 승천 장면입니다. 이 장면의 그림에는 인간적인 '시름'을 잊고 비상하는 가구야 히메와 '시름' 속에 남겨진 지상 사람들과의 단절의 순간이 묘사되어 있습니다. 그림으로 그린 찰나의 미와 애수의 이미지가 이 이야기를 사랑하는 사람들의 마음을 더욱 흔들어 놓고 있음은 의심할 여지가 없습니다.

가구야 히메, 하늘에서 내려온 영원한 동경의 대상. 지상 그 누구도 다가오지 못하게 하고 달나라로 돌아간 강인하고 신비한 존재. 일본 문학에는 이처럼 아름답고 강인한 여성 이야기가 없습니다. 이것이 바로 가구야 히메 이야기가 일본에서 영원한 고전인 이유입니다. 한국 독자분들은 이 이야기를 어떻게 느끼실지 무척 궁금합니다. 마지막으로『竹取物語絵巻』등의 소장본 사용을 허락해 주신 릿쿄대학 도서관에 깊은 감사의 말씀을 드립니다.